Un puma dans le cœur

Du même auteur

Le Goût de la cuisine
Mercure de France, 2015

Brillante
Mercure de France, 2016
J'ai lu n° 11927

Comme elle l'imagine
Mercure de France, 2019

STÉPHANIE DUPAYS

Un puma dans le cœur

ÉDITIONS DE L'OLIVIER

L'auteure a bénéficié pour la rédaction de ce livre
d'une résidence d'écriture à la Villa Marguerite Yourcenar,
Département du Nord.

ISBN 978.2.8236.2009.2

À mes parents, à ma grand-mère,
à mon arrière-grand-mère

« Il y a toujours dans les familles un défaut par là même où la famille fout le camp. »

Marguerite Duras

« Qui cache son fou, meurt sans voix. »

Henri Michaux

1

On n'est pas seul dans sa peau

Je viens de loin de beaucoup plus loin qu'on ne pourrait croire

C'est une famille restreinte, quelque peu ratatinée, que la mienne. Mes parents, ma grand-mère et moi. C'est tout. Depuis sa retraite, ma mère a entrepris d'y ajouter des ascendants puisque je lui refuse les descendants : elle s'est mise à la généalogie.

Je n'ai jamais voulu d'enfant, ceux de mon compagnon me suffisant amplement. Je devine que ce choix est une douleur pour mes parents, bien qu'ils ne m'en aient jamais parlé. Nous parlons très peu chez nous, surtout des sujets importants. Peut-être aussi qu'éviter de poser la question donne le bénéfice du doute : tant que le non n'est pas clairement prononcé, cela laisse le oui virtuellement possible.

Ce soir-là, nous sommes attablés dans le jardin de Marc. Le soleil se couche derrière la rangée de pins et le ciel est tout rose. Dans la nuit odorante qui nous enveloppe, nous parlons de tout et de rien. Nous avons atteint la trentaine, cet âge où les moins chanceux d'entre nous commencent à avoir des problèmes avec leurs parents. Ce n'est pas mon cas, les miens continuent de se lever à six heures du matin pour retourner le jardin avec l'énergie de travailleurs exploités. Ils débordent d'activités nouvelles et je me mets à raconter avec une certaine ironie comment ma mère tente par tous les moyens de grossir les rangs de la tribu, à ma place.

Clément réagit au nouveau hobby de ma mère :

– Tu n'as pas peur qu'elle découvre un ancêtre meurtrier ou bagnard ?

Il est historien, spécialiste des guerres de religion, il s'y connaît en massacres.

– Ou alors un noble, un Jean-Eudes de la Tour-qui-penche, renchérit Romain qui connaît ma phobie des particules.

J'avoue ne pas y avoir pensé. Des aïeux morts et enterrés depuis des siècles, quel intérêt ? Je balaie la question d'un revers de main, il faut bien que vieillesse s'occupe. Et mieux vaut la généalogie que le parapente.

– Le passé proche, je le connais. Quant au passé lointain, il ne peut blesser personne.

Claire se lève et déclame :

> Je viens de loin de beaucoup plus loin
> Qu'on ne pourrait croire

Je dis oui, je sais, des choses importantes dans ma vie ont eu lieu avant que je vienne au monde.

J'ai souvent lu que les traumatismes se transmettent de génération en génération. Il m'arrive de penser que la pluie de catastrophes qui s'était abattue sur ma grand-mère avait certainement quelque chose à voir avec l'inquiétude de ma mère et avec la mienne. Mais jusqu'où faut-il remonter le fil ? Qu'est-ce que cela apporte ?

C'est le moment où le soleil rougeoyant enflamme la cime des pins, mon moment préféré. Le flamboiement des couleurs donne à l'atmosphère une certaine solennité. Je me cale contre le fauteuil et je finis par dire :

– Je ne vois pas ce qu'on pourrait découvrir de pire que ce que je sais déjà à propos de ma grand-mère et de mon arrière-grand-mère. Même Dickens n'aurait pas osé farcir de tant de drames la vie de ses personnages !

Devant les regards curieux de mes amis, je continue :

– Rien que leur nom a quelque chose de menaçant. Décimus. « Décimer » c'est « mettre à mort une personne sur dix ».

La réalité a largement dépassé l'onomastique : quatre des six membres de la famille de ma grand-mère ont été emportés alors qu'elle n'avait pas huit ans. Par réflexe professionnel – je suis statisticienne de formation –, j'aime bien ramener le particulier au général et le mettre en perspective. Parce que je crains l'excès, l'outrance, le mélodrame, je relativise tout de suite mes propos dramatiques. Pour ces générations nées entre deux massacres, les destins comme ceux-là étaient fréquents. Les femmes mouraient encore en couches, les bébés étaient terrassés par des fièvres que l'on ne savait pas soigner. La médecine n'avait pas encore triomphé des maladies infectieuses. La précarité des modes de vie et la rudesse des travaux exterminaient les gens très tôt. Pourtant, la banalité de ces destins dévastés n'apaisait en rien la douleur que j'ai pu ressentir, enfant, à savoir ma grand-mère au centre du carnage. L'évocation de ses disparus m'a toujours meurtrie, comme si je les avais connus. Mais ce n'est pas le moment de gâcher la douceur de cette fin de soirée en développant ces vieilles histoires. Je minimise :

– C'était le lot de beaucoup de familles, la mort faisait partie de la vie.

Brice interrompt la conversation en apportant des infusions pour les uns et des digestifs pour les autres et la discussion change de cours. En sirotant la boisson chaude, je me dis que j'ai de la chance d'être une femme du XXIe siècle, qui n'a pas connu la perte brutale et fréquente d'amis, de parents, d'enfants, pour qui les guerres et les épidémies sont, encore, lointaines, et qui peut profiter d'une soirée insouciante entre amis dans une maison de campagne sentant la résine de pin et l'océan.

Quelque chose se débattait en vous que vous ne pouviez dire avec des mots

Chaque fois que j'interrogeais ma grand-mère sur son enfance et sa vie d'avant ma naissance, d'avant la naissance de ma mère, elle évoquait ses disparus comme on égrène les billes d'un chapelet. Ou plutôt des lentilles car la scène avait lieu le plus souvent dans la cuisine, le cœur battant de la maison.

Nous prenions deux assiettes, elle disposait une poignée de graines d'un côté et, avec un doigt, les faisait passer d'une extrémité à l'autre de l'assiette, en enlevant les grains de blé et les cailloux minuscules qui s'étaient glissés dans le tas. Concentrée sur cette activité aux allures de rite ancestral, elle me parlait des siens.

Ses deux frères, Léon et Louis, étaient morts alors qu'elle était petite fille. Léon qui travaillait dans une vinaigrerie avait été gazé lors de la Première Guerre mondiale et avait succombé à ses blessures. Probablement des lésions pulmonaires. Louis avait été renversé par un tramway à Bordeaux. Leur père, Armand, avait été terrassé par une crise cardiaque ou un AVC, une nuit. Et leur mère, Anne Dèche née Décimus, avait disparu à sa suite.

À ce stade de l'histoire, ma grand-mère interrompait le tri. Sa voix devenait plus grave et elle disait dans un soupir :

– Elle est morte de chagrin, le cœur brisé.

Suivre son bien-aimé dans la mort, un vrai destin d'héroïne tragique ! Nous n'étions plus dans la petite cuisine aux tommettes frottées une fois par semaine à la brosse mais sur la scène d'une tragédie, avec le lourd rideau rouge, les fauteuils de velours et les trois coups. Les moineaux se ruant sur les grains de blé extraits des lentilles que ma grand-mère venait de jeter devant la porte se transformaient en oracles, annonciateurs d'une catastrophe.

J'imagine
ma grand-mère enfant
quelle drôle d'expression
moi qui ne l'ai connue que ridée les cheveux gris
Enfant
c'est-à-dire
désarmée
dépendante
naïve

Trois jours après son anniversaire
réveillée
en pleine nuit
une nuit noire comme le fond des mers
elle entend des cris des bruits une lampe qui tombe
Sa mère
Anne Décimus
les cheveux emmêlés les yeux affolés
trébuchant comme une soûlarde
Les pompiers sont là
« Ils n'ont pas pu le sauver »
Que signifie la mort à sept ans ?
Il fait nuit partout

Anne Décimus se laisse sombrer. La présence de ses deux filles, Henriette et Andrée, ne suffit pas à l'extirper du trou noir. Elle disparaît, elle aussi.

L'aînée, Andrée, « un mauvais sujet », est placée en maison de redressement, la Miséricorde, à Bordeaux. La cadette, ma grand-mère, part à Soulac, une ville balnéaire coincée entre la côte atlantique et l'estuaire de la Gironde, à cent kilomètres de là. Elle entre à l'orphelinat qu'elle nomme le « couvent » car il est tenu par les religieuses de la Présentation. Ma grand-mère et sa sœur avaient des oncles et tantes et une marraine « qui vivait dans un château à Cenon ». Aucun n'a adopté les orphelines. Pour ma grand-mère, cet abandon tenait à un ostracisme politique : Armand et Anne Décimus étaient brouillés avec le reste de la famille car ils étaient communistes. Cela reste une hypothèse, que pouvait en savoir une enfant de sept ou huit ans ?

Ce récit maintes fois répété a fait germer en moi deux idées :

– on ne peut pas compter sur les riches ;

– on peut mourir de chagrin. D'un chagrin d'amour.

Il fallait donc s'en protéger (des riches et de l'amour). Les études ont joué leur rôle de paratonnerre contre les dominants ; quant à l'amour, je n'ai pas encore trouvé l'antidote.

Et moi je pense que c'est l'amour la plus grande erreur jamais commise, ça finit toujours mal

Dans la galaxie des disparus de ma grand-mère, une figure me fascinait quand j'étais enfant : sa mère Anne.

« Morte de chagrin », « le cœur brisé ». À force d'entendre ces expressions chaque fois que mon arrière-grand-mère était évoquée, j'avais tissé autour de mon ancêtre un destin d'héroïne tragique. Juliette se poignardait en apprenant la mort de Roméo, Iseult expirait près du corps de Tristan, Quasimodo enlaçait la dépouille d'Esmeralda. Et Anne ne survivait pas à la mort d'Armand.

« Cœur brisé », l'expression est enfantine, à la limite du mièvre. Un adulte ne peut la prononcer sans ironie. Et pourtant l'image est restée gravée en moi comme le font peu de phrases au cours d'une vie. Ce sont des mots avec lesquels on parle à un enfant, probablement ceux employés par les religieuses de l'orphelinat quand elles ont annoncé à ma grand-mère la mort d'Anne Décimus. Et chaque fois qu'elle évoquait sa mère, ma grand-mère convoquait invariablement ces deux mêmes mots, comme s'il s'agissait d'un texte sacré immuable.

J'ai lu que, dans beaucoup de langues européennes, l'expression « cœur brisé » pour dire une douleur émotionnelle infinie existe et se traduit telle quelle. Aussi cliché soit-elle, l'image est universelle car la plupart des cultures font du cœur le siège des émotions, sauf dans le monde arabe où l'amour, la peur et les autres choses qui nous bouleversent logent dans le foie.

La force de l'image condensée dans l'expression « mourir de chagrin » m'a longtemps empêchée de m'interroger sur la réalité physiologique du décès. Anne Décimus s'était-elle suicidée ? Laissée mourir ? Mais comment se laisse-t-on mourir ? Quel organe cède ? Je n'en savais rien et je n'ai jamais demandé à ma grand-mère, l'image occultait tout. Elle se suffisait à elle-même.

Comment meurt-on d'amour ?
En végétal desséché ou en héros shakespearien ?
Gris poudreux ou rouge vif ?
Comme les feuilles privées d'eau
s'assèchent
lentement
en une poussière friable ?

Ou en une seconde
par un coup d'épée fendant en deux
le muscle vital
une douleur fulgurante et puis plus
rien ?

Il y a quelques années, j'étais statisticienne et économiste au ministère de la Santé, j'ai travaillé sur les registres répertoriant les causes de décès qui sont une base de données majeure en santé publique. J'aime bien lire autour du sujet, au-delà de ce que nécessite l'accomplissement de mon travail. En faisant l'historique des sources, je suis tombée sur un document étonnant, le London Bill of Mortality, un lointain ancêtre britannique de l'actuel registre des décès. Le chagrin « *grief* » figure dans la liste des causes, entre la goutte (« *gout* ») et la jaunisse (« *jaundies* »). Entre 1629 et 1660, on compte plus de 350 décès dus au chagrin dans la capitale. Les Anglais du XVIIe pensaient eux aussi qu'on pouvait mourir de chagrin. Rarement, ceci dit.

À la fin des années 1990, la médecine décrit le « syndrome du cœur brisé », « *broken heart syndrom* », en anglais, « *tako tsubo* », en japonais. Sous l'effet d'un choc comme l'annonce de la mort d'un être cher, le cerveau envoie un signal aux glandes surrénales, qui sécrètent de l'adrénaline. Les vaisseaux se contractent, le cœur bat plus fort. Parfois le cœur ne supporte pas l'accélération et s'arrête. L'imagerie montre un ventricule gauche déformé, c'est à ce signe que l'on différencie le syndrome d'une crise cardiaque. La science l'atteste, on peut mourir le cœur brisé.

On ne meurt d'amour qu'au cinéma

Les débuts de généalogiste de ma mère sont chaotiques : Internet bugue, les archives sont inégalement numérisées, nos ancêtres laissent peu de traces. Elle me raconte ses déboires au téléphone. J'écoute distraitement, il y a déjà tant de choses, heureuses ou non, dont se préoccuper dans le présent. Je suis sûre que ma famille est sans mystère. Sans histoire, même. Ma mère continue : l'acte de décès de mon arrière-grand-mère est introuvable. Je me moque un peu : « Qu'est-ce que ce sera quand il s'agira de remonter avant la Révolution ! » Je promets quand même de voir ce que je peux faire. Le coup de fil se termine par le sempiternel « Fais attention ». Quel que soit son objet, un appel à la prudence conclut toujours la conversation. En l'occurrence ce soir-là je m'apprête à rejoindre un ami à un concert, ce qui ne constitue pas une activité très risquée – nous sommes fin 2014 et la menace terroriste n'a pas encore étendu son ombre sur tout événement public. Comme à chaque fois, je raille l'inquiétude généralisée de ma mère, et lui répond qu'elle pourrait simplement me souhaiter de passer une bonne soirée.

Il me reste quelques minutes avant de partir, le temps de m'acquitter de mes devoirs filiaux. Je rallume mon ordinateur, me connecte au site des Archives de la Gironde. Plusieurs récits de cataclysmes provoqués par des découvertes numériques me reviennent en mémoire : cet homme qui s'aperçoit en tapant le nom de son grand-père sur Google qu'il a été inculpé pour collaboration, cet autre qui apprend des registres d'état civil qu'il a eu un frère mort nourrisson dont ses parents ont tu l'existence. En mettant à la portée de tous une masse de données qui submergeraient toutes les bibliothèques du monde, Internet joue le rôle d'un sérum de vérité fulgurant. Sur le moment, je ne perçois pas la menace. Et pourtant…

Trois clics suffisent à pulvériser la version officielle de l'arrière-grand-mère ne survivant pas à son mari, le « cœur brisé ». Je fixe l'écran, actualise la page comme si l'affichage allait changer. Le registre des décès reste identique et les pixels aussi immuables que s'ils étaient gravés dans le marbre.

Anne Dèche née Décimus 14 mai 1875-14 mars 1964

Anne Décimus a survécu près de quatre décennies à la mort d'Armand. Si elle est morte de chagrin, c'est de mort lente, très lente. Ou bien la légende romantique n'était qu'un écran protégeant un « secret de famille », ce nom poli du mensonge.

À la place du mythe, un vide de quarante ans, comme une béance impossible à combler.

J'éteins l'ordinateur, je ne peux m'attarder, je suis déjà en retard. Je garde pour moi ma découverte. Dehors la bruine me rafraîchit le visage mais je n'ai plus le temps de remonter prendre un parapluie. Je marche vite, faisant tourner la « révélation » dans ma tête. Quelque chose remue au fond de ma poitrine, quelque chose à quoi je peine à donner un nom. Et comment vais-je informer ma mère ? Comment, surtout, dire à ma grand-mère que sa mère a survécu si longtemps après l'avoir laissée à l'orphelinat ?

L'éclat des réverbères se reflète sur la chaussée brillante. Je croise mon reflet dans les vitrines et mon aspect se brouille à chaque devanture. Je m'engouffre dans le métro. Le roulis du wagon et la vitesse me ramènent ici et maintenant.

Je passe les portes battantes, la sonnerie enjoignant aux spectateurs de rejoindre la salle a déjà retenti. J'aperçois mon ami qui me guide à la bonne place. Il me dit : « Tu as l'air affolée. » Je bredouille quelques mots d'explication sans évoquer la découverte que je viens de faire. C'est trop tôt et je ne sais qu'en dire. Quels mots pourraient expliquer quelque chose que je n'ai pas compris ? Pour l'heure, je ressens un choc, sans savoir d'où il vient, ni pouvoir le nommer. Une erreur concernant la date de décès d'une arrière-grand-mère inconnue, c'est très loin, je ne devrais pas en être affectée.

Je consulte le programme. Tchaïkovski écrit à propos de sa *Cinquième Symphonie* qu'elle incarne la « soumission totale devant le destin ou, ce qui est pareil, devant la prédestination inéluctable de la Providence ». Les lumières s'éteignent. J'aime l'attente d'avant le concert, ce moment où le noir se fait et où les instruments s'accordent. Un sas où l'on peut déposer les préoccupations de la journée et se rendre réceptif à ce qui va advenir. Les musiciens arrivent et j'observe leur façon de se préparer à l'événement : les violons bavardent, la violoncelliste, le front plissé, accorde son instrument, le hautbois semble plongé dans une transe méditative.

Le chef entre, le spectacle commence. Je m'accroche à ses gestes précis et impérieux pour ne pas me dissoudre. Car ce soir-là je pressens que l'histoire familiale qui m'était apparue jusqu'alors comme une matière solide et stable de lieux et de faits ressemble plutôt à un tissu lâche et mouvant de souvenirs déformés, de fantômes errants et de mensonges. Les violons et les clarinettes entament une plainte sombre et grave. Dans cet état d'attention flottante qu'autorise le concert, mon esprit se met à errer, je revisite mes souvenirs. Je sens que derrière le récit autorisé se presse une réalité difficile à cerner mais impossible à écarter.

Deux aspects de la nuit

Le lendemain, parmi les livres, dans le silence de mon bureau, je me reconnecte au site des Archives. Faute de pouvoir donner un visage et une histoire à mon arrière-grand-mère, je dépose des signes sur le papier. Je prends un carnet et je note :

Anne Décimus 1875-1964

Ce tiret qui sépare les deux dates me bouleverse. Il condense la totalité de son passage sur Terre, la petite fille qu'elle a été, la femme amoureuse de son mari, la mère de quatre enfants, la vieille femme évaporée. Un petit tiret pour dire la somme des pensées, des émotions, des choses vues et entendues, des liens, des événements. C'est très peu pour résumer une existence dont la longévité défie l'espérance de vie de sa génération et, plus encore, de sa condition. Même si Jeanne Calment avait le même millésime qu'Anne Décimus, une femme née en 1875 ne vivait en moyenne qu'une quarantaine d'années.

Le tiret dit le vide, l'absence. Entre les deux dates qu'il relie, deux guerres sont survenues, la République s'est construite, a vacillé, s'est relevée, l'État s'est fait protecteur et a trahi certains de ses enfants, les plus pauvres ont gagné le droit de s'instruire, le travail a cessé d'épuiser complètement les gens, l'espérance de vie a progressé d'une trentaine d'années, la tuberculose a été vaincue, le cinéma est apparu, l'automobile s'est développée, l'avion a conquis le ciel, le téléphone s'est popularisé, le jazz est né, l'art abstrait a révolutionné les formes. Mais qu'est-ce qu'Anne Décimus a su des bouleversements du monde, là où elle était ?

Je tape dans le moteur de recherche l'adresse indiquée sur le certificat de décès : 121 rue de la Béchade, Bordeaux. Là se dresse le Centre hospitalier Charles-Perrens, l'hôpital psychiatrique de la ville. À l'époque, on disait « asile d'aliénées » et l'établissement se nommait Château-Picon. Il n'a pris le nom de l'un de ses médecins-chefs, Charles Perrens, qu'en 1970.

Plutôt que mourir
Anne s'est éclipsée
de la réalité

On ne meurt d'amour qu'au
cinéma
chante-t-on dans un vieux film de Jacques Demy
Dans la réalité on croupit
à l'asile

L'équation folie = mort est bien connue des historiens de la psychiatrie et des généalogistes. La maladie mentale fait peur. Peur du qu'en-dira-t-on, peur de la tare héréditaire, peur de choquer les enfants. Les familles griment la tache en décès. Et ce n'est pas si faux : le parent abandonné à l'asile finit par s'effacer et par mourir un peu. D'une mort qui n'advient pas dans le temps mais par une relégation hors de l'espace commun.

Lorsque le père de Paul Claudel meurt et que sa sœur, Camille, est internée, l'écrivain André Suarès écrit à Paul : « Vous voilà face à face avec deux aspects de la nuit. Et la mort n'est pas celui des deux qui a le plus de ténèbres. » Deux aspects de la nuit, la mort, la folie.

Rien n'indique qu'Anne Décimus a passé à l'asile tout ce temps entre l'entrée de ma grand-mère à l'orphelinat et sa mort à elle, mais cette hypothèse me semble la plus probable. Je ne vois pas ce qui, sinon, l'aurait empêchée de chercher ses filles et de reprendre contact avec elles.

Entrer à l'asile pour une femme sans soutien familial et sans ressources, c'était entrer en prison. Au Château-Picon elle a dû vivre une vie de prisonnière, tournant dans sa cellule, comme si au-delà des grilles n'existait plus aucun monde habitable. Entre quatre murs, comment ne pas s'engourdir, s'atrophier, s'assécher ?

Sans la possibilité du ciel
l'oiseau s'habitue si vite
à la cage
et finit par renoncer

J'imagine une existence à la Camille Claudel mais sans le talent de sculptrice qui viendrait racheter la folie, recouvrir du lustre artistique la honte d'une vie au rebut. Pauvre doublure anonyme qui n'a laissé de trace dans l'Histoire que deux mentions dans un registre d'état civil.

On traverse des nuits qui vous changent de règne

Je ne sais ce qui est le pire : pour Anne, d'avoir vécu séparée de ses filles, rejetée par sa famille ou, pour ma grand-mère, d'avoir été trompée quant à la mort de sa mère. Je songe à tout ce dont elles ont été privées : amour, réconfort, sécurité, et j'en ressens une tristesse infinie. Chaque fois que je pense à cette histoire, ma poitrine se gonfle de toutes les larmes que le mensonge a fait couler à l'asile comme à l'orphelinat. C'est un chagrin enfoui de longue date qui remonte, clandestin, irrépressible, et qui me serre la gorge.

Moi aussi je suis – un peu – privée de quelque chose. Par contagion. Je ne sais précisément nommer la perte. Ce n'est évidemment pas une douleur semblable à celle d'un deuil. Il y a une perte tout aussi palpable bien que différente. Une image tourne dans mon cerveau. Le choc d'une balle sur un pare-brise. À partir de l'impact central, la brisure se propage en une étoile constellée de minuscules cristaux. Très loin dans le temps et dans l'espace, l'onde de choc a fêlé quelque chose en moi.

La version de ma tristesse est une boîte verrouillée, un coffre dont je n'ai pas la clé. Un jour peut-être, la boîte s'ouvrira et je comprendrai ce qui m'atteint. Mais pour l'instant je suis doublement privée : de quelque chose que je ne sais nommer et de ma capacité à réfléchir. Comment appréhender cette nouvelle. Que dire. Que faire avec.

Depuis que la version originelle de l'histoire familiale s'est effondrée, je me rends compte à quel point elle a façonné mon imaginaire. Quand j'étais au collège, la prof d'anglais nous avait donné pour sujet de devoir d'expression écrite : « *My special ancestor* ». J'avais choisi Anne Décimus et j'avais beaucoup brodé. À l'époque les idées féministes n'avaient pas cours, du moins pas dans les classes populaires, et l'idée d'une femme ne survivant pas à la disparition de son mari semblait très poétique. J'avais obtenu un certain succès auprès de toutes mes copines lors de la lecture à la classe de ce récit d'un romantisme noir. La vérité sur Anne est encore plus « spéciale » que sa légende, pourtant je n'aurais jamais osé en parler si j'avais su la vérité.

Je ne sais de l'enfance qu'une peur lumineuse et une main qui m'entraîne

Je considère ma grand-mère comme une femme extraordinaire. Jamais je ne l'ai entendue se plaindre de sa condition, jamais je ne l'ai vue envier plus chanceux ou plus riche. Elle faisait passer avant le sien le bonheur des êtres avec qui elle vivait, nous sa famille mais aussi les animaux. Elle se levait avec le soleil, son agenda était dicté par les soins à apporter : poules, chiens, chats à nourrir, jardin à entretenir, repas à préparer. Mais derrière la tendresse planait dans l'air une inquiétude silencieuse. Un je-ne-sais-quoi grondait et on ne pouvait l'exprimer avec des mots. Il faut dire que des mots, il n'y en avait pas beaucoup. Dans ma famille on parle peu. C'est peut-être pour cela que j'ai très tôt et voracement cherché dans les livres à combler ce déficit de langage. La maisonnée était à l'image du village où elle se situait : calme et sans bruit. L'atmosphère est la même aujourd'hui et il m'arrive souvent quand je me promène dans le bourg en fin d'après-midi de m'imaginer la seule rescapée d'une catastrophe nucléaire.

La maison, une longère en pierre blonde de plain-pied, typique du Sud-Ouest, appartenait à mon grand-père. Il fabriquait des tonneaux pour les vignobles des Graves. C'était également à lui que revenait la charge de tuer les cochons au village. Il est mort dix ans avant ma naissance, laissant la maison à ma mère et ma grand-mère. Quand ma mère s'est mariée, mon père l'a rejointe. Ma grand-mère est restée vu qu'elle n'avait pas les moyens de se loger ailleurs. La bâtisse était grande et laissait suffisamment d'intimité au jeune couple. Et il fallait bien quelqu'un pour s'occuper du bébé qui allait arriver, moi, pendant que mes parents travaillaient. Cette présence de trois générations sous le même toit était courante dans les milieux paysans au XXe siècle ou dans les familles russes, mais plus atypique dans les années 1980 en Occident. Je m'en étais rendu compte très tôt à l'école primaire, j'étais la seule à vivre dans une telle configuration familiale qui provoquait l'étonnement de mes camarades de classe. Moi, j'aimais la présence permanente de ma grand-mère.

Je ne sais pas ce que ma mère a perçu et imaginé. De mon côté, enfant, j'ai eu l'intuition qu'il y avait une énigme. Tout ce qu'on ne leur dit pas, les enfants le devinent. Sinon le scénario dans ses grandes lignes, du moins l'atmosphère du film. Les spectres tentent d'attirer l'attention, ils chuchotent à l'oreille, tirent par la manche et, parfois, ils se font comprendre.

Prisonnière de l'image du cœur brisé que je n'ai jamais remise en question, je n'ai pas réussi à définir précisément ce qui clochait. Cette conviction que les choses avaient un double fond me conduisait régulièrement à organiser des fouilles méthodiques de la chambre de ma grand-mère afin de rassembler des preuves matérielles. Des preuves de quoi, je l'ignorais. Enquêter n'était pas aisé car je n'étais jamais seule dans la maison. Mais ma grand-mère passait beaucoup de temps au potager pendant que mes parents étaient au travail, ce qui me laissait une heure ou deux par jour pour investiguer.

Elle possédait peu d'objets personnels. Une boîte de biscuits Delacre en fer-blanc piqué de rouille suffisait à contenir l'ensemble de ses photos. À cela s'ajoutaient une boîte de galettes bretonnes renfermant des cartes postales, un coffret à bijoux, un livre de recettes, le *Traité de cuisine bordelaise* offert pour sa communion, quelques romans, et c'était à peu près tout. Durant des après-midi d'ennui, je me glissais dans sa chambre jouxtant la mienne, m'asseyais sur le parquet et retirais le tas de photos de la boîte. J'observais une à une les images en noir et blanc aux bords crénelés. Je ne reconnaissais aucun des personnages présents sur les plus anciennes. Sur les plus récentes, en couleurs, mais aux teintes voilées, comme nimbées de brouillard, je devinais ma grand-mère jeune, avec son mari que je n'ai pas connu mais dont j'identifiais la silhouette trapue et le visage rond, ma mère, une enfant potelée et souriante, la dentiste au double menton qui était sa patronne. Ma grand-mère n'apparaissait jamais sur ces photos-ci. Mais qui étaient ces jeunes femmes posant devant la mer ou sur des rochers avec un phare au loin ? Appartenaient-elles à l'entourage de la patronne ? Il aurait été logique que la bonne n'apparaisse pas sur les photos, mais pourquoi alors se trouvait-elle en possession de ce lot ?

Un jour je crus faire une découverte importante. Un détail qui n'avait pas attiré mon attention jusque-là me sauta aux yeux : ma grand-mère s'était mariée en tailleur sombre et non en robe blanche. Je décidai de l'interroger sur cette anomalie.

– Mais où voulais-tu que je trouve l'argent pour acheter une robe de mariée ?

C'était logique. Il n'y avait pas d'histoire là-dessous. La raison économique suffisait à expliquer l'anomalie.

Je continuai mes recherches et tournai les pages des livres en quête d'une vieille lettre, d'une photo plus parlante que celles de la boîte, de papiers administratifs. En vain.

Outre la boîte à photos, le coffret à bijoux excitait ma curiosité. Entre autres babioles, il contenait un médaillon qui m'attirait comme un fétiche. C'était un cœur en or ressemblant fortement à celui figurant sur la couverture du roman *Alice et le médaillon d'or*. Je dévorais alors les Alice en Bibliothèque verte. Ce volume, dans son édition de 1960, avait appartenu à ma mère et était le premier de la série de Caroline Quine que j'avais lu. Il y était question de fillettes orphelines que l'astucieuse Alice Roy, apprentie détective, tente de sauver. Les seuls indices permettant de retrouver leur famille étaient deux petites robes blanches et un médaillon en forme de cœur.

Je voulais ce bijou qui, plus qu'un bijou, faisait office de talisman ouvrant les portes d'un univers imaginaire où les jeunes filles résolvent des énigmes policières et vivent des aventures incroyables. Mais prendre le médaillon supposait de révéler que j'avais fouillé dans la boîte. C'est ce que je fis un après-midi, arborant fièrement l'objet tant convoité. Ma grand-mère écarquilla les yeux, comme si elle avait vu un fantôme. Elle m'ordonna d'aller le remettre où je l'avais trouvé. C'était la première fois qu'elle me donnait un ordre et qu'elle employait ce ton colérique. Je m'exécutai, comprenant que j'avais transgressé quelque chose.

Puis vint le moment de ma communion. Mes deux grand-mères étant très croyantes, j'ai été contrainte de suivre les cours de catéchisme. J'allais donc une fois par semaine, le mercredi, recevoir des rudiments de culture religieuse dispensés par la femme du médecin. Je ne croyais en rien et considérais ces deux heures hebdomadaires comme une perte de temps qui m'éloignait des livres. Mon incroyance éclata au grand jour lors de la leçon sur la Sainte Trinité où je contestai que trois personnes puissent en être une seule. Entre le savoir mathématique qui établit qu'un n'égale pas trois et le dogme, je choisis le premier. J'étais résolument du côté de l'école républicaine, qui me l'a bien rendu. J'informai solennellement mes parents et ma grand-mère que je refusais de faire ma communion car je ne voulais pas cautionner les idées folles de la religion catholique. Évidemment ma décision fut très mal accueillie, d'autant plus que la célébration avait lieu une semaine plus tard et que mon autre grand-mère, qui n'avait quasiment jamais quitté la Meuse, traversait toute la France pour y assister. Une négociation commença au terme de laquelle j'acceptai de faire ma communion pour « ne pas faire de la peine à mes grand-mères », en échange de quoi j'aurais le médaillon d'or.

Je voyais bien que ma grand-mère maternelle avait cédé à contre-cœur, sans comprendre pourquoi. Unique petite-fille, j'ai été pour ma grand-mère, au milieu de tous ses morts, bien plus qu'une enfant. J'étais le pain blanc après des décennies de pain noir, le retour du balancier, la revanche sur un destin jusque-là peu favorable, le bouclier entre elle et l'épouvante. J'ai aussi été le réceptacle de toutes ses angoisses : chaque maladie infantile, chaque accident bénin suscitait une inquiétude disproportionnée. Et si la trêve inespérée du sort prenait fin aussi subitement qu'elle avait commencé ?

Alors pourquoi m'avoir longtemps privée de ce bijou que je voulais plus que tout ? C'était incompréhensible. Le médaillon n'en devint que plus précieux : il m'a protégée de l'ennui des étés qui s'étirent, de la fatigue des longs trajets d'hiver pour rejoindre le collège, de l'eau froide de la piscine, des chamailleries de cour de récréation, de la mort des nombreux chats et chiens, de l'incertitude concernant mon avenir.

En dehors de ce bijou, je ne trouvais rien qui pût me mettre sur la piste du mystère que je pressentais. Je finis par cesser mes recherches, faute d'indices.

L'impression d'étrangeté persistait. Surtout qu'avec le recul qu'autorisent le passage du temps et l'éloignement, le mode de vie de ma grand-mère est apparu dans toute sa bizarrerie, par comparaison avec les autres mondes que je pénétrais. Elle n'avait aucun ami, ne voyait pas de collègues ou de connaissances et vivait repliée sur la maison et le jardin, sans la moindre activité sociale. Jamais personne pour faire une petite visite à l'improviste, personne pour s'asseoir dans les fauteuils du salon, personne à qui confier les micro-événements ou les nœuds d'une existence. Plus jeune, je n'avais pas ressenti le caractère atypique d'un tel mode de vie, car pour le voir il aurait fallu aller chez les autres, ce qui justement n'arrivait jamais. Les seules personnes étrangères venant rompre cet isolement étaient mes amis de l'école primaire ou du collège et leurs parents. C'est en grandissant et en observant vivre d'autres familles que j'ai perçu toute l'étrangeté de cette manière d'être.

Un jour, Camille, une copine invitée chez nous, me confia avec étonnement après le repas : « Vous ne parlez pas beaucoup, chez vous. » Je compris ce qu'elle voulait dire quand, quelque temps plus tard, je me retrouvai à dîner dans sa famille. Il y avait beaucoup de monde autour de la table, et les discussions fusaient, passant d'un sujet à l'autre sans réelle logique, sautant de l'actualité politique au film vu la semaine passée sur grand écran, au dernier chanteur à la mode. Je me suis demandé ce que ce serait de vivre dans une famille comme ça.

Certains jours on vit
comme un tableau d'Edward Hopper
il y a cet immense silence
et cette lumière blanche qui dépouille
plus qu'elle n'éclaire
et une sourde inquiétude se glisse dans les failles
comme la fumée et la pluie

Absorbée par tant d'autres choses, j'ai cessé de m'interroger sur ce bourdonnant silence, j'ai fait avec. Après tout, les campagnes immobiles sont peuplées de taiseux, les clichés ont une part de vérité. Et d'autres mystères à explorer se sont offerts à moi en grandissant : comment rendre toutes les nuances d'une phrase latine ? Pourquoi ces couleurs jetées sur la toile me donnent-elles envie de me fondre dans le tableau ? Comment gagner sa vie sans se trahir ? Cet homme qui fait battre le cœur plus fort est-il le bon ?

C’est comme ça

Quelques jours après avoir découvert l’acte de décès d’Anne Décimus, je me décide à en parler à ma mère. Elle reste muette et le seul son que j’entends au téléphone est la voix lointaine du présentateur du *19/20* sur France 3. Puis elle dit : « Mais tu es sûre ? » comme si un acte d’état civil pouvait mentir. Je lui promets de lui envoyer la copie d’écran du document. Puis nous parlons du chat, du chien, de la soupe qu’elle vient de faire.

Lors du coup de fil suivant, ma mère est déjà passée à autre chose : « On n’y peut rien, c’est fait, c’est fait, ce n’est pas la peine de s’inquiéter, c’est comme ça. » Un autre problème la travaille : le chiendent étouffe les tomates. Il faut désherber et éradiquer la mauvaise herbe. Ma mère est intarissable sur le sujet. En regardant l’unique ficus qui a résisté à ma négligence horticole, j'envie sa capacité à s'arrimer au concret. Alors que moi je reste bloquée sur cette histoire sans réussir à l'appréhender.

Ma mère est une adepte du « c'est comme ça ». Cette expression clôt les discussions, dit le silence, la résignation, le renoncement. Pas la peine de disserter, de s'attarder, c'est comme ça et on passe à autre chose. Elle aussi est un pur produit du « c'est comme ça ». Le « c'est comme ça » qui l'a empêchée de faire les études qu'elle souhaitait pour devenir institutrice parce qu'à l'époque c'était comme ça, à quoi bon poursuivre sa scolarité, on allait comme les autres au lycée technique pour devenir dactylo, ça suffisait. Contrairement à Albert Camus, ma mère n'a pas rencontré son Monsieur Germain qui l'aurait détournée du chemin tout tracé. Le principe de réalité a corrigé ses rêves. Au lieu d'enseigner aux bambins à l'école primaire, elle a travaillé comme secrétaire dans des services administratifs de l'université. J'imagine combien côtoyer des étudiants tout au long de sa carrière a dû être difficile parfois alors qu'elle avait tant voulu être à leur place.

Moi aussi, par ricochet, j'ai hérité du « c'est comme ça », mais à l'envers. Ma mère a fait son possible pour que personne ne puisse me dire « c'est comme ça ». Elle m'a emmenée tous les jours à l'école primaire à vingt-cinq kilomètres pour que je bénéficie d'une pédagogie innovante et ouverte sur les arts, a œuvré pour m'envoyer dans un collège moins mauvais que celui du secteur. Au lycée, elle m'attendait dans la voiture jusqu'à dix-neuf heures trente certains soirs pour que je puisse poursuivre l'étude du latin, les options « rares » étant reléguées aux horaires les moins amènes. Sur ce point-là, j'ai parfaitement comblé les attentes parentales, ce qui tombait bien car j'ai aimé étudier, et de toute façon il n'y avait pas grand-chose d'autre à faire quand on est fille unique à la campagne, avant l'ère d'Internet.

Avec la langue creusant la plaie

Il reste à annoncer la nouvelle à ma grand-mère. Au moment où j'arrive chez mes parents avec qui ma grand-mère vit encore, ma mère ne lui a rien révélé. « Tu comprends, c'est difficile de lui en parler », m'avait-elle expliqué. Oui, je comprends, c'est difficile de parler, surtout que ma grand-mère décline. Bien qu'en pleine forme physique, à près de quatre-vingt-quinze ans – ma grand-mère n'a jamais été hospitalisée et n'a jamais eu de problème de santé –, elle commence à présenter des troubles de la mémoire. Et si l'inconnu est terrifiant, ce qui pétrifie réellement nos sens, c'est de découvrir que le connu n'est qu'illusion.

Comment dire à une femme dont la vie est en grande partie derrière elle que celle-ci repose sur un mensonge ? Un mot peut mettre KO plus efficacement qu'un coup de poing. Je ne sais pas s'il existe des études sur les comportements des gens confrontés à une révélation qui met fin au monde qu'ils ont toujours connu. J'aurais bien besoin de l'aide de la science, d'une cellule d'aide psychologique ou d'un plan Marshall psy.

Oui c'est difficile de parler mais pour moi ça l'est encore plus de cacher la découverte concernant le destin d'Anne Décimus. Pour la deuxième fois, je me trouve en position de messagère du malheur ; je dois faire le choix de me taire ou de transmettre un message susceptible de changer l'interprétation du monde de son destinataire. La première fois, c'était avec ma grand-mère, l'autre, la paternelle, atteinte de la maladie d'Alzheimer.

Je me souviens de conversations téléphoniques qui semblaient se dérouler dans deux univers parallèles. J'étais en prépa à l'époque et je me revois sur le canapé bleu du studio cours Aristide-Briand, à deux pas du lycée Montaigne à Bordeaux. J'appelais ma grand-mère paternelle en Lorraine chaque dimanche soir. Quand elle commença à « déconner » selon l'euphémisme longtemps employé dans la famille pour édulcorer le diagnostic de la maladie terrifiante, elle se mit à oublier les événements importants de sa vie. Un soir, elle me confia son inquiétude : mon grand-père n'était pas encore rentré. « À cette heure-ci, s'il n'est pas là, c'est qu'il a dû tomber de vélo », répétait-elle. Et je l'imaginais se rongeant les sangs, faisant les cent pas dans la cuisine. Le téléphone sur les genoux, je restais silencieuse. Fallait-il dire la vérité et lui expliquer qu'elle n'avait pas à s'inquiéter car mon grand-père ne risquait plus l'accident de bicyclette vu qu'il était mort et enterré ? Je n'ai rien révélé et j'ai adopté sa version des choses, celle d'un retour dans un passé lointain où mon grand-père était en retard au dîner car il coupait du bois dans la forêt et faisait du vélo. Et je l'ai rassurée en lui disant qu'il avait dû passer chez les Schneider ou chez le Jean, il s'y arrêtait souvent « pour boire un canon ». Avec un proche qui perd la mémoire, l'entourage se retrouve en position de perpétuel messager des mauvaises nouvelles. Quand j'en parlai plus tard à l'auxiliaire de vie, elle me dit que j'avais eu raison de me taire car quand on le détrompe, le malade ressent le choc de l'annonce non pas une fois mais cinq, dix, cent fois.

Mais avec cette grand-mère-ci je ne choisis pas la version trafiquée. Avec maintes précautions, comme on donne un sirop amer à un enfant malade, je m'apprête à la questionner.

Elle est au salon, assise dans son fauteuil médicalisé devant la télé. Le chien, Tina, une bâtarde mi-lévrier mi-chien-loup, dort à ses pieds. Ma grand-mère regarde fixement devant elle. Elle a les mains jointes, des mains larges, noueuses et parsemées de veines épaisses et bleues, posées inertes sur son habituel tablier bleu. Je regarde ses mains déformées aux jointures mais encore puissantes, capables il y a peu d'arracher pendant des heures les mauvaises herbes, de sarcler, biner, laver, trancher le cou d'un poulet, tourner la manivelle de l'imposant hachoir à viande, transporter la lourde bassine de cuivre pour faire des confitures. Alors que les miennes savent juste enfoncer des touches et tourner des pages.

Je m'assois à côté de ma grand-mère, dans un petit fauteuil d'osier dans lequel plusieurs générations de chats ont fait leurs griffes. Je pose ma main sur l'accoudoir pour lui signaler ma présence.

– J'ai fait quelques recherches sur la famille.

Elle fait la moue.

– À quoi bon ? On n'en a plus beaucoup, de famille.

– J'ai trouvé quelque chose à propos de ta mère, est-ce que tu te souviens de ta mère ?

– Elle est morte quand j'étais petite.

Ma grand-mère se raidit. Cela ne dura qu'un instant. Elle me regarde en face. Je lui annonce :

– Non, elle est morte plus tard, au milieu des années 1960.

La chienne, Tina, se retourne et me regarde de travers. On dirait qu'elle comprend tout. Depuis que ma grand-mère est fatiguée, elle qui était une boule d'énergie et n'hésitait pas à nous percuter quand on était sur son passage, fait preuve d'une attention extrême.

Ma grand-mère tourne la tête de droite à gauche, de

gauche à droite. Elle pose un regard sur moi, lointain, calme et étrange et m'observe.

– Non, j'étais petite. J'avais deux frères. Le plus vieux s'appelait Léon, le deuxième Louis.

– Tu avais quel âge ?

– Quand j'étais petite je n'étais pas grande.

Ma grand-mère que je n'ai jamais entendue prononcer un mot leste continue la comptine en chantonnant :

– Je montrais mon cul à tous les passants.

Je comprends que la conversation est terminée. Elle se réfugie dans l'enfance, quand la version du cœur brisé avait cours. Message reçu, je n'en saurai pas plus.

Aujourd'hui, en écrivant ce texte, je relis les notes jetées sur mon carnet et je me demande s'il était bien nécessaire d'ouvrir la boîte de Pandore. Parmi les contes que me lisait ma grand-mère quand j'étais enfant, dans un album recouvert de lin bleu et doré, l'un de mes préférés était « Les fées » de Charles Perrault. Il met en scène deux sœurs, la plus jeune aide une pauvre femme à la fontaine et lui parle avec douceur. La bonne femme la récompense : « À chaque parole que vous direz, il vous sortira de la bouche ou une fleur, ou une pierre précieuse. » L'aînée, désagréable et impolie, est victime du sort inverse : « Je vous donne pour don qu'à chaque parole que vous direz, il vous sortira de la bouche ou un serpent, ou un crapaud. » La violence de l'image, les serpents et les crapauds encerclant la pauvre fille qui finit chassée de chez elle, m'avait fortement impressionnée et alertée quant aux pouvoirs et dangers de la parole. Comment dire sans blesser ?

Dans toute volonté de
connaître il y a une goutte de
cruauté
a dit Nietzsche
Je n'ai jamais compris s'il parlait de
cruauté envers les autres
déchirer le voile des apparences pour dominer
c'est aussi ça le savoir
ou de
cruauté envers soi-même
l'autre nom de la lucidité
Il dit aussi
L'amour et la cruauté ne sont pas
contraires

Oublieuse mémoire

Quelques jours plus tard, la mémoire revient. Pas celle de ma grand-mère. Ma mère croit se rappeler quelque chose.

Dans les années 1950 – ou était-ce le début des années 1960 ? – « on » avait demandé à ses parents de régler les frais d'hospitalisation de l'arrière-grand-mère. Ma mère plisse les yeux comme si elle devait user de toutes ses forces pour extirper ces quelques éléments flous du marais des souvenirs vaporeux.

Elle continue, hésitante. La famille ne roulant pas sur l'or avait fait appel au docteur D., le maire du village, qui, grâce à ses « relations » au conseil général, avait réglé l'affaire.

C'est comme si la découverte de la vraie date de décès d'Anne Décimus avait fait réapparaître un pan englouti de sa mémoire, comme la flamme révèle l'encre sympathique. Je repense à une interview dans laquelle un écrivain s'explique sur sa capacité prodigieuse à se remémorer avec un luxe de détails des scènes s'étant déroulées plusieurs décennies auparavant sans notes ni photos. Il appelle ce phénomène « la machine à remonter le temps mentale ». En convoquant un souvenir lié à une période, on entrouvre une porte, et des choses qu'on croyait avoir oubliées réapparaissent dans les jours qui viennent, l'inconscient continuant son travail d'extraction des souvenirs à notre insu.

Autant que la réapparition de ce souvenir flottant, le contexte de l'annonce me choque. Que l'administration de l'hôpital ait entrepris de rechercher la famille d'une patiente uniquement pour lui faire régler la facture me semble d'une brutalité sans nom. Pourquoi personne n'a entrepris ces démarches avant ? J'imagine une malade mutique oubliée dans une chambre, elle-même oubliant qu'elle a des filles, ou dans un état trop dégradé pour s'en préoccuper.

Ma mère finit par dire : « Quand même, c'était dégueulasse. »

Je ne sais pas bien ce que le pronom démonstratif désigne. D'avoir laissé mon arrière-grand-mère des dizaines d'années dans un asile sans chercher si elle avait de la famille ? De retrouver ses proches uniquement pour leur demander de régler la note ? De laisser l'arrière-grand-mère crever à l'hôpital ?

J'essaie d'en savoir plus.

– Comment as-tu réagi ?
– Je ne m'en souviens pas.
– Tu n'as pas voulu voir ta grand-mère ?
– Je ne m'en souviens pas.
– Ma grand-mère est-elle allée voir sa mère à l'hôpital ?
– Je suppose que oui.

La machine à remonter le temps mentale n'aime pas être forcée. Je n'en saurai pas plus, ma mère m'a dit tout ce dont elle se souvenait, elle retourne jardiner.

Sur le moment, cette révélation digne d'un soap opera me laisse perplexe. Je sais que la mémoire est souvent traîtresse, mais peut-on oublier une annonce qui modifie sa propre biographie ? Je me demande s'il ne s'agit pas d'un faux souvenir. Puis, à la bibliothèque, je tombe sur *Une histoire familiale de la peur* d'Agata Tuszyńska qui raconte un phénomène similaire. Une fois de plus, le livre qu'il me fallait lire se glisse entre mes mains au bon moment, comme par enchantement, volant au-devant de mes questionnements intimes. La romancière polonaise a dix-neuf ans quand sa mère lui révèle ses origines juives. Elle occulte immédiatement la révélation : « Je pense de plus en plus souvent que nous sommes davantage encore l'oubli. Ce que nous oublions. Ce que, dans un geste d'autodéfense, nous rayons de notre mémoire, nous chassons de notre conscient, nous esquivons dans nos pensées. Ce que nous invalidons pour que ce soit plus facile ou plus léger, pour ne pas souffrir ou ne pas raviver la souffrance. » Agata Tuszyńska continue de vivre comme si elle ne savait rien et masque ses origines, jusqu'au jour où elle se lance dans une enquête sur ses ancêtres, apprivoise peu à peu son histoire et en fait un livre.

Peut-être que personne ne supporte la souffrance à sec. Mieux vaut la couler dans un récit qui lui donne un sens, celui d'un amour si fort qu'il se poursuit dans la mort commune. La force d'attraction de la version du « cœur brisé » est décidément puissante. Ma mère l'a adoptée elle aussi tout en ayant eu, à un moment précis, connaissance de la survie d'Anne Décimus.

Le TGV file en direction de Paris, je rentre chez moi. Dans le train, un double sentiment de libération et d'inachevé me saisit. Je me sens comme une fugitive. Je dévisage mon reflet sur la vitre. Le ciel flamboie, menaçant, dans une atmosphère de fin du monde. C'est comme changer de fuseau horaire car ma vie dans la capitale est l'exact inverse de la vie chez mes parents. La campagne girondine impose son rythme horizontal, à ras de la grave, sa terre sableuse. Champs de colza, prés, vignes, Garonne, tout est sur le même plan. Paris est verticale, je passe sans vertige des profondeurs du métro à mon bureau au seizième étage d'une tour avec vue sur la Seine. Je cours de théâtre en musée, de salle de concert en galerie. J'y vis une vie d'ermite entourée de beaucoup de monde.

Le plus souvent, j'ai la schizophrénie heureuse, je passe aisément d'un univers à l'autre. J'aime à la fois le tumulte organisé de Paris et le calme vert des Graves. Les deux, en alternance, me sont nécessaires. Mais ces deux mondes communiquent peu : quand je suis à la campagne je ne téléphone ni n'écris à mon entourage parisien, et, à Paris, je parle peu à mes parents.

Arrivée à Montparnasse. Ce dimanche soir-là, il pleut de manière torrentielle. À travers la vitre du bus, la ville est réduite au bruit de la pluie contre le toit, aux coups de klaxon, aux formes grises flottantes percées çà et là de lumières jaunes et rouges.

Je retrouve la tranquillité de mon appartement avec soulagement, mes livres, le moelleux des coussins. La démence bien ordonnée de la capitale dilue la révélation familiale dans une frénésie de rendez-vous, de réunions, d'expositions où se perdre, de spectacles où s'oublier.

Quelque temps plus tard, au téléphone mes parents me disent que ma grand-mère « perd un peu la boule ». J'y retourne.

Déchire la peau des mots

Par la vitre du train
la petite église est tout juste ébauchée
Du mal à respirer
À hauteur d'Angoulême
je suis à mi-chemin entre
la fille que je suis et
celle que je fus

L'arrivée est rude. Ma grand-mère est amoindrie, elle ressemble à un pruneau desséché, ça saute aux yeux. Recroquevillée dans le fauteuil médicalisé, elle a rapetissé, les plis au coin de sa bouche s'affaissent, sa bouche a perdu son enthousiasme en même temps que sa netteté.

– Ils sont sans gêne ces gens, qu'est-ce qu'ils font là, chez nous ? lance-t-elle en montrant la télévision.

Je comprends que, pour elle, les personnages de fiction qui s'agitent sur l'écran sont présents avec nous, dans le salon.

Devant une scène de baiser, elle tempête :

– Toujours en train de s'embrasser, ceux-là !

Même le chat et la chienne semblent inquiets. Ils absorbent toutes les émotions humaines mieux que des éponges. Pussy, le gros chat blanc et roux, s'est mis à miauler sans raison, tandis que Tina, à qui ses grands yeux soulignés de noir font un regard triste même quand elle ne l'est pas, reste couchée aux pieds de ma grand-mère et pousse de longs soupirs.

Le lendemain, nous sommes à la table de la cuisine en train de préparer des haricots et ma grand-mère me parle de sa vie à l'orphelinat.

– On n'était pas nombreuses. L'hiver on cousait des chemises, des combinaisons, des parures pour une boutique de Bordeaux. On brodait. On faisait la cuisine. L'été, il fallait faire les lits car le couvent recevait des vacanciers et des colonies de vacances. Pendant la guerre, on a eu la police de Paris, les enfants de la garde républicaine. Ah, j'en ai fait de la vaisselle !

Avoir 14 ans c'est être au milieu de nulle part
surtout quand on est au milieu de nulle part

Elle cherchait dans les livres
ce que les humains ne pouvaient
donner
Bordeaux lui inspirait un désir timide
Elle imaginait ce que partir ferait
En attendant
elle faisait ce qu'elle savait faire le mieux
attendre
travailler
laver
coudre
cuisiner
Un combat silencieux

À dix-huit ans, ma grand-mère a été placée comme domestique à Bordeaux. Les orphelines élevées par des sœurs constituaient une main-d'œuvre travailleuse, docile et peu exigeante.

– Il a fallu que j'aille travailler chez des gens. Faire la bonniche. C'est ce qui arrive quand on n'a plus personne.

– Et Bordeaux, tu t'y es plu ?

– Plu ou pas, il fallait que j'y reste. Je n'avais plus de parents, je n'avais personne. J'étais la bonne.

J'ai souvent demandé à ma grand-mère si elle avait gardé contact avec les filles du couvent ou si elle s'était fait quelques amis ou amies à Bordeaux. J'aurais été rassurée de savoir qu'elle avait pu combler son absence de soutien familial par des liens nouveaux et trouver ainsi une carapace pour se protéger de l'âpreté du monde. À chaque fois elle répondait par la négative. À vingt et un ans, après la sortie du couvent, chacune était partie de son côté ; une bonne n'avait pas le temps de se faire des amis. Je n'avais pas besoin que ma grand-mère soit la fille la plus populaire du village. Un nom m'aurait suffi. Un seul.

Je remets le sujet sur le tapis.

– Je crois que ta mère est morte bien après ton entrée à l'orphelinat. Tu ne l'as jamais revue ?

Elle a fini par parler. Tellement doucement que je me demande si j'ai bien compris.

– Je n'ai pas pu la prendre à la maison, je n'étais pas chez moi.

Au moment où je veux vérifier et lui faire répéter ce qu'elle vient de dire, ma mère entre dans la pièce et interrompt la conversation :

– Mais surveille un peu ce qu'elle fait, regarde !

Ma mère désigne le saladier de haricots verts. Toute mon attention était rivée sur les mots de ma grand-mère et je n'ai pas vu qu'elle jetait les extrémités des haricots dans le saladier tandis qu'elle plaçait les légumes équeutés sur la feuille de *Sud-Ouest* déchirée censée recueillir les déchets.

Je récupère les haricots préparés, enlève les bouts de

haricots du saladier et j'essaie de reprendre là où nous nous étions arrêtées.

– Oh et puis tu m'embêtes, s'exclame ma grand-mère.

Je ne sais si elle s'adresse à ma mère ou à moi. La parenthèse s'est refermée, nous n'en saurons pas plus ce jour-là.

Tu as enfoui l'indicible dans une crypte
tout au fond de toi
fermée à double tour
et jeté la clé
au fond d'un trou
C'est la chambre de Barbe-Bleue
un dispositif familial
toujours sur le point de nous faire exploser la poitrine et
de s'échapper
Des décennies après j'ai peur du noir
et je m'acharne à défoncer
les portes fermées

La lumière de la mémoire hésite devant les plaies

Cela fait beaucoup d'oublis, cette histoire.

– Mon arrière-grand-mère a oublié avoir des filles ;

– l'administration de l'hôpital oublie qu'elle pourrait avoir des proches ;

– ma grand-mère a oublié avoir une mère et une fois adulte n'a jamais cherché sa tombe ;

– ma mère a oublié avoir connaissance que sa grand-mère était vivante.

Le silence est notre langue maternelle

Mes parents ne comprennent pas pourquoi cette histoire me bouleverse. Ils restent indifférents à ma quête alors même que la démarche généalogique émanait de ma mère. Étrangement, ce n'est pas le destin d'Anne Décimus qui attise sa curiosité mais la vie d'un autre ancêtre, un marin nommé Barthes qui fut décoré de la Légion d'honneur pour avoir sauvé plusieurs passagers lors du naufrage de la corvette française *L'Uranie*, aux Malouines en 1820. Elle dévore un ouvrage sur le sujet et programme une visite aux Archives de la Marine à Vincennes. Mais sur Anne Décimus, elle ne veut rien savoir.

Ma mère dit : « De l'eau a coulé sous les ponts ».

Mon père dit : « C'était une autre époque, les gens se posaient moins de questions que maintenant. »

« C'était une autre époque » est à la fois une vérité sur la relativité des façons de penser et une manière de me claquer la porte au nez, une déclinaison du « c'est comme ça ». « C'était une autre époque » veut dire « mais arrête de penser à ça, ma pauvre fille ».

Mon père parle peu, encore moins que ma mère. Il a passé sa vie à réparer les trains de marchandises dans un triage de la SNCF à côté de Bordeaux. Ça ne demande que peu de conversation, les wagons. De fait, je ne l'ai jamais entendu exprimer une colère, une joie, une tristesse. Les émotions, il les tait comme des maladies honteuses.

Ce silence est aussi générationnel : je suis proche de mes parents, nous sommes rarement en conflit, mais on ne parle pas avec ses parents comme le font aujourd'hui les enfants de mes amis. Il y a des sujets que nous n'abordons pas, ceux touchant à l'intime et aux bouleversements intérieurs.

Ce silence a quelque chose à voir avec la peur. Les tourments des enfants effraient les adultes. Leurs peurs les menacent, eux, personnellement. Même quand les enfants ont grandi et qu'ils ont presque quarante ans.

Devant le silence, j'ai souvent des accès d'à quoi bon. Et si au lieu de chercher, de fouiller, d'écrire, je faisais autre chose ? Par exemple, apprendre le chant, aller plus souvent au théâtre, voyager davantage et plus loin ?

Remuer la poussière
entourant l'impensé
à quoi bon ?
Et quand la vie pratique resserre son étau
quelle place pour l'énigme ?
Et si dire
ne réglait rien
ne sauvait personne ?
En relisant mes carnets
une chose me frappe
Ma grand-mère perd la tête
quand je lui parle
coïncidence n'est pas causalité je sais
Mais quand même
je ne peux m'empêcher de penser
que l'annonce de la folie de sa mère
l'a poussée dans la folie
Décidément
le mythe du cœur brisé
était
plus confortable

Pourtant, il faut qu'on en finisse, construire la sépulture de mots et enterrer ses morts.

Chercher, ce n'est pas un verbe mais un vertige

Face à une situation qui nous dépasse, on peut réagir en fermant les yeux, en prenant la fuite, en éclatant de rire. Moi, je veux documenter ma perte.

J'ai besoin d'en savoir plus parce que ma grand-mère, en m'élevant, a fait que je suis celle que je suis. Quelqu'un qui a besoin des livres pour remettre le monde en ordre et qui a dû pas mal lutter contre « cette vision apeurée du réel » que mes amis les plus proches ont souvent constatée. Comme si je ne parvenais pas à croire que le hasard puisse être heureux, que l'événement ne soit pas toujours une catastrophe.

À cette motivation intime s'ajoute un goût pour la résolution des énigmes. Trouver le petit *x* de l'équation. Trouver le sens de la phrase en langue étrangère. Deviner le coupable du film noir. Inscrire le dernier mot sur la grille de mots croisés. Déchiffrer les symboles dans la peinture.

Collégienne, je me suis passionnée pour les casse-tête mathématiques ; lycéenne, j'ai passé beaucoup de temps à tenter d'y voir clair dans les pièges de la traduction latine. Je refusais que le sens d'un texte me résiste, je voulais cerner au plus près le contenu de ces phrases écrites il y a deux millénaires, tout en ayant conscience qu'on n'atteint, au mieux, qu'une image très approximative de la pensée tant nos mots contemporains résonnent différemment, tant le contexte nous reste obscur. Ce goût pour le dévoilement a perduré.

Je m'attelle à l'énigme de mon arrière-grand-mère en détective doublée d'une archiviste. Comme la mémoire familiale est muette, j'écris au service des archives de l'hôpital Charles-Perrens. Je ne saurais dire précisément ce que j'y cherche. Une trace, une inscription. Matérialiser le silence pour s'en libérer.

Comme une main sur la plaie
l'archive, le registre, le certificat
compriment la douleur

La réponse arrive deux semaines plus tard : il n'y a aucune trace du séjour d'Anne Décimus. Ce qui peut avoir deux significations :

– il n'y a pas d'archives correspondant à la période du séjour ;

– il y a des archives mais elle n'y figure pas.

Comme la mémoire individuelle, la mémoire collective garde ou supprime, volontairement ou inconsciemment. Archiver c'est choisir. Décider des traces qui méritent d'être conservées. C'est un geste d'une grande violence d'effectuer ce tri entre ce qui est digne d'intérêt pour un chercheur futur et ce qui ne l'est pas. Ce qui échappe à l'archive est réputé sans importance et perdu pour toujours.

Je renvoie un mail pour savoir quelle interprétation est la bonne, il reste sans réponse.

Ton sang vagabonde en moi

Je parle de cette histoire à un psychiatre croisé il y a plusieurs années lors d'un séminaire sur l'offre de soins en santé mentale que j'avais organisé dans le cadre de mon travail à la tête de la mission recherche du ministère. Je lui parle archives, faits, documents. Il me répond héritage, transmission, générations.

Il m'écrit : « C'est important pour vous d'en savoir plus sur cette histoire, car elle a eu des conséquences sur la vie de votre grand-mère, celle de votre mère et donc la vôtre. »

En lisant cette phrase, je vois une grenade passée de l'une à l'autre, de mère en fille jusqu'à ce qu'elle explose dans mes mains.

Le mot « conséquence » avec son implacabilité établit un lien logique entre la folie de l'arrière-grand-mère et moi, qui, jusque-là, me tenais à distance de tout ça, protégée par plus d'un demi-siècle et par un changement de lieu, de classe, de conditions de vie.

Cette histoire a créé un certain rapport au silence, à la mort, à la folie. Mais la vie se lit moins facilement qu'un roman ou un scénario, les enchaînements y sont moins nets, les liens de causalité multiples et difficiles à cerner. Si bien que je peine à définir de quelles conséquences il peut s'agir. Autrement dit, quel est mon héritage ? C'est la première fois que je me pose explicitement la question. Parce que mes parents n'ont jamais prononcé ces phrases commençant par « dans la vie, il faut » qu'au cinéma le père assène au fils sur fond de musique solennelle. À mes amis « fils de », j'ai toujours assené l'idée que je me suis faite toute seule (ils me regardent avec le sourire de qui n'est pas dupe). Cependant,

être contre, s'opposer à, ne pas comprendre
l'héritage
ne le fait pas
disparaître

L'épigénétique a montré que les épreuves, les chocs, les deuils qu'ont vécus nos ancêtres ne se lèguent pas seulement par le climat familial ou la fréquentation des personnes mais marquent le patrimoine génétique qui se transmet de génération en génération. Je lis le compte-rendu de la curieuse expérience menée par des chercheurs d'Atlanta. Les scientifiques ont fait sentir des fleurs de cerisier à des souris tout en provoquant des stimuli douloureux. Ces souris se sont mises à craindre cette odeur spécifique. Plus surprenant, leurs descendants jamais soumis aux stimuli ni aux fleurs de cerisier développent eux aussi une réaction de stress et de rejet face à cette odeur.

Génétiquement je porte 12,5 % des gènes d'Anne Décimus. Physiquement, j'ai ses yeux, selon ma grand-mère me disant que l'un des seuls souvenirs de sa mère était ses yeux d'un bleu mouvant, azur quand elle était heureuse, gris quand la colère ou la tristesse l'assombrissait. Moralement, cette hérédité m'a toujours tracassée. Que certaines choses invisibles m'aient été transmises, qui ne se reflètent pas dans les miroirs, me terrifie. Et dans mes recherches sur la vie d'Anne Décimus il y a certainement quelque chose comme la nécessité de comprendre cet héritage.

Côté mélancolie, je suis indemne. Je n'ai pas de tendance dépressive. Une hypersensibilité peut-être, selon le terme à la mode, qui se dissout aisément dans les joies et les tracas de la vie courante. Bien sûr il y a ce sentiment de catastrophe imminente contre lequel je dois lutter en permanence. Et il est aisé d'en déterminer la généalogie. L'inquiétude de ma grand-mère dont ma mère a hérité enveloppe tout. Quand il s'agit d'inventer des tourments, mon cerveau est plus vaste que l'enfer. Pour ma grand-mère, tout ce qui est inconnu est synonyme de danger. Elle a peur des accidents de la route, des camions qui roulent « comme des fous », des mouvements de foule, des agressions par des inconnus dans la rue, des faux amis qui se transforment en vrais prédateurs, des attentats, de la foudre, des tremblements de terre, des tempêtes, des poisons et de leurs différentes sources : muguet, champignons, produits de nettoyage. La ville devient un parcours du combattant où les jeunes femmes se font renverser par une voiture, sont violentées en sortant du cinéma, kidnappées par de faux taxis. J'ai eu beau me moquer des faux taxis – mais où peut-elle avoir trouvé cette idée ? –, je ne peux m'empêcher d'envisager, en traversant Paris après un dîner ou un spectacle dans un arrondissement éloigné, les moyens d'échapper à l'imposteur en sautant hors de la voiture arrêtée au feu rouge ou en écrivant SOS sur la buée de la vitre arrière. L'environnement proche n'est pas épargné : les mises en garde répétées contre l'embrasement de la hotte aspirante m'ont longtemps privée de crêpes flambées au Grand Marnier, l'un de mes desserts préférés, je ne touche jamais un interrupteur les mains mouillées, j'utilisais des litres de gel hydroalcoolique bien avant l'épidémie de covid.

Plus que des yeux, un physique ou une prédisposition, on hérite surtout d'une façon de voir le monde. L'escargot hérite d'une vision en noir et blanc, le hibou d'une pupille ronde et dilatée qui lui permet de voir la nuit et moi je vois des dangers à chaque coin de rue. Réussir à m'en défaire et imposer ma propre perspective m'a volé pas mal d'années.

Comment avoir confiance en cette terre
avec son ventre plein de morts ?
C'est dur parfois d'aller dormir
l'angoisse plantée en nous
Tenace
est cette peur
mais réparable
par une main calme et désirante
par la surprise d'un corps
par les mots chuchotés
Et tu fermes la porte qui donne sur le noir

C'est très joli mais l'existence en attendant ne t'attend pas

Une année passe et l'histoire d'Anne Décimus est reléguée au second plan, faute d'archives. Je travaille beaucoup, contrairement à ce que la plupart des gens pensent, le travail dans l'administration est lourd et il me tient à cœur. J'ai quitté les statistiques pour l'évaluation des politiques publiques au ministère de la Santé et des Affaires sociales. Et tenter de rendre l'action publique plus juste et plus efficace n'est pas une mince affaire. En parallèle, je termine mon premier roman, je cherche et trouve un éditeur, je vais souvent en Italie, je suis amoureuse et aimer correctement prend du temps. Bref, la vie m'éloigne d'Anne Décimus. Mais parfois dans mon sommeil revient l'image d'une femme maigre en robe grise. Je n'en rêve pas toutes les nuits mais à certains moments une silhouette fantomatique apparaît plusieurs jours à la suite avant de disparaître, comme une question. Je la sens me fixer, et quand ce regard devient impérieux je me réveille en sursaut.

À l'autre bout de la ligne TGV, ma grand-mère disparaît par morceaux, comme si l'érosion du temps l'entamait peu à peu. Mes parents l'assistent et je vais les soutenir aussi souvent que possible. C'est tellement dur de la voir mourir si lentement que, dès que le train Bordeaux-Paris se met en marche et passe le pont enjambant la Garonne, mes muscles se détendent, mes épaules s'allègent, et je ne peux m'empêcher de ressentir un profond soulagement.

Octobre 2015 commence mal. Par une luxation de rotule et une rupture spontanée du ligament artificiel greffé trois ans plus tôt pour maintenir mon articulation à sa place. J'ai la tête ailleurs, dans les publications médicales sur la *dislocation*, c'est le terme anglais qui désigne ma pathologie. L'opération de la dernière chance a échoué, je multiplie les consultations sans qu'une réponse chirurgicale évidente se dégage.

Et tu fermais la porte qui donne sur le noir

À la Toussaint je me rends chez mes parents, avec cannes et attelle. J'arrive un samedi après-midi. Le fauteuil de ma grand-mère est vide. Mes parents m'expliquent que l'infirmier a conseillé de la laisser au lit car sa glycémie est trop élevée. À plusieurs reprises, je passe dans le couloir qui dessert la chambre de ma grand-mère et à chaque fois, je m'arrête devant la porte. L'odeur de médicament et de mort m'empêche d'entrer.

Quand l'infirmier revient le soir, la glycémie a encore augmenté, il appelle le médecin de garde qui le renvoie vers les urgences. En attendant le SAMU qui va l'emmener, ma grand-mère est tordue en travers du lit, repliée sur elle-même. Une enfant décharnée au regard vide. Elle me dit « Donne-moi la main », je mets ma main dans la sienne.

Les jours suivants nous parlons peu mais nous sommes morts de peur. Entre deux visites à l'hôpital, je reprends les recherches généalogiques dans les recensements et écris un mail aux Archives départementales pour savoir s'ils ont reçu en dépôt les fonds de l'hôpital Charles-Perrens. Mes parents jardinent, réparent, repeignent.

Au bout d'une semaine d'hospitalisation, l'état de ma grand-mère s'aggrave brutalement. Elle ne nous regarde plus, elle a les yeux tournés vers le plafond, prononce quelques syllabes inaudibles. L'interne dit qu'on vient de lui donner de la morphine pour calmer la douleur, « ça va la faire partir doucement ». C'est la première fois que l'idée de sa mort est formulée explicitement.

Ma mère, qui a assisté ma grand-mère avec une abnégation peu commune, la gardant à la maison pendant ces deux dernières années où elle était très dépendante, n'en peut plus. Alors c'est moi qui reste toute la nuit, allongée par terre car il n'y a plus de lit disponible.

Il fait nuit et le silence est à peine troué par les couinements des chaussures des infirmières ou le cliquètement d'un chariot. Ma grand-mère semble suspendue dans un entre-deux. Après chaque pause respiratoire j'attends, immobile, retenant mon souffle pendant de longues secondes, la reprise de sa respiration.

Je fredonne *Didon et Énée* de Purcell. C'est inadapté à la situation et je chante très mal, mais c'est le seul air qui me vient. Peut-être dans les moments de grande détresse, faute de se référer à une liturgie existante, faut-il inventer son propre rite. Un rite avec les moyens du bord. Alors je répète encore et encore les lamentations de la reine de Carthage. Ce chant pas tout à fait juste m'aide à endiguer le chagrin, la peur, la solitude, car je ne me suis jamais sentie aussi seule que dans cette chambre d'hôpital. Seule, je pourrais l'être moins, ayant à portée de main mon téléphone qui renferme toute une série de numéros d'amis, mais à ce moment-là le chagrin ne me semble pas pouvoir être partagé.

J'ai dit à ma grand-mère de ne pas s'inquiéter, que tout allait bien se passer et que j'allais me débrouiller parce que je pouvais m'appuyer sur tout ce qu'elle m'avait appris, à prendre soin des animaux et à être consolés par eux, à savourer un repas simple, à se réfugier dans un livre.

Je dois rentrer à Paris le lendemain. Cette année-là, je suis membre du jury de l'ENA et le fameux « grand oral » commence. Quand on croit comme moi en la nécessité d'une puissance publique garante des droits et des libertés des citoyens, choisir les futurs serviteurs de l'État est une mission qui tient à cœur. J'ai horreur de faire défection, dans mon travail comme dans le reste et cet abandon de poste, que j'envisage sans encore le formuler, ajoute un stress à la situation. « Cela risque de faire mauvaise impression », commente ma mère comme si j'étais une écolière sur le point de commettre un impair. Que je sois parvenue à intégrer le cercle très fermé des cadres de l'État doit sembler à mes parents encore tellement improbable qu'ils craignent la moindre faute qui révélerait l'imposture et m'en chasserait. Au téléphone, une amie me dit : « Tu n'as pas le choix, tu ne peux que rester, l'ENA s'en remettra. » C'est ce que je pensais mais j'avais besoin de l'entendre. J'appelle la directrice des concours. Le coup de fil me libère d'un poids. Je vais pouvoir rester là où je dois être.

Ma grand-mère meurt quatre jours après, un mardi. Je n'étais pas là, j'étais rentrée chez mes parents la veille au soir pour dormir. La seule image que j'en garde est celle du sac-poubelle contenant ses affaires qui m'a mise dans une colère noire.

Je me demande si on n'a pas inventé les formalités administratives pour distraire les endeuillés du chagrin. Avec toutes les démarches à faire auprès de l'hôpital, de l'état civil, des pompes funèbres et de l'église on n'aurait presque plus le temps de penser au mort.

Nous sommes, ma mère et moi, dans la petite salle du presbytère à côté de l'église. L'adjointe du prêtre – ce ne doit pas être le terme exact, mais j'ignore sa fonction – nous demande de raconter la vie de ma grand-mère. La dame pieuse, appelons-la ainsi, chemisier blanc, cardigan vert boutonné de petites perles blanches, visage recueilli, prend consciencieusement des notes. Ma mère fait défiler l'histoire officielle : enfance à Cenon, perte de ses parents, orphelinat, premier emploi chez la dentiste qu'elle assista jusqu'à sa mort. Ses phrases sont brèves et factuelles.

– C'était un peu une deuxième mère pour elle ? interroge la dame pieuse qui a bien du mal à donner chair à cette vie condensée en quatre ou cinq faits et dates.

Ma mère ne dément pas. Je tressaute. Ce doit être une manie, dans cette famille, de réécrire l'histoire ! La dentiste en question était une vieille avare qui employait ma grand-mère sans la déclarer. Peu rancunière, ma grand-mère allait lui rendre visite quand, malade et âgée, elle n'avait plus personne. Je me souviens de l'avoir accompagnée, je jouais du piano sur le vieux Pleyel désaccordé pendant qu'elle faisait la dame de compagnie auprès de son ancienne patronne. Je ne rectifie pas la légende, ce n'est pas le moment de débattre devant la dame pieuse.

Sur le chemin du retour, je demande à ma mère de quoi elle parlait avec ma grand-mère. Elles ont passé plus de soixante ans côte à côte, elles devraient quand même avoir un peu plus de matière que ce qu'elle vient de livrer.

– Mais que voulais-tu que je raconte ? Il n'y a rien à raconter. Nos vies ce ne sont pas des romans.

Alors que nous approchons du puits à l'angle de notre rue, je me dis que c'est moi qui me trompe et qui projette mes habitudes sur elles. Comment évoquer la vie de quelqu'un qui n'a jamais exprimé ses sentiments, ses émotions, son ressenti ? À cette époque et dans ce milieu, les femmes ne se racontaient pas. L'intimité était privée et n'était pas disséquée, interprétée autour d'un verre entre amis. Le partage se faisait par des activités communes et non par la parole. J'ai toujours vu ma mère et ma grand-mère les mains occupées : quand elles ne préparaient pas les repas, elles tricotaient un pull ou reprisaient les chaussettes, arrachaient les mauvaises herbes au jardin, nourrissaient les bêtes ou passaient un coup de balai. Sauf dans de rares moments consacrés à la lecture, le soir, jamais je ne les ai vues inactives, en train de bavarder.

Moi non plus, je ne sais pas grand-chose de ce que ressent ma mère. Je la connais moins que mes amis et amies avec qui j'analyse les événements de vie et les turbulences émotionnelles.

L'enterrement a lieu le vendredi. Il fait un soleil éclatant. Le décalage entre la tristesse intérieure et la douceur extérieure m'est insupportable. Il y a peu de monde devant l'église : des cousines éloignées, l'auxiliaire de vie, l'ancienne bibliothécaire et une voisine, qui à ma connaissance n'a jamais été proche de ma grand-mère, mais peut-être les enterrements sont-ils les seules distractions qu'offre le village.

En attendant l'arrivée du corbillard, mes larmes coulent sans bruit. La cousine éloignée prononce une phrase que l'on dit dans ces circonstances comme « Ah ma fille, c'est la vie » ou « Elle a bien vécu ».

Lorsque la dame pieuse évoque l'existence de ma grand-mère où tout est amour, amour des bêtes, amour de la famille, amour de Dieu, amour des bonnes sœurs qui l'ont recueillie, amour de la patronne bienveillante, je tressaille. Pourquoi gommer la rudesse d'une vie par une fable pleine de bons sentiments ? Faut-il se conformer aussi post mortem à l'idéologie du bonheur obligatoire ? Ceux dont la voix ne porte pas n'existent que racontés par d'autres, et cette dernière violence ajoutée à toutes celles qu'a subies ma grand-mère augmente encore ma peine.

Ce n'est pas vrai que les morts ne vivent plus

De ma grand-mère il ne me reste qu'un tablier : quand je retourne chez mes parents pour les fêtes de fin d'année, ils ont déjà retapissé sa chambre et donné toutes ses affaires à des associations caritatives. Je me mets en colère : ne pouvaient-ils pas conserver quelques objets pour moi ? Ma mère me répond que je ne le lui ai pas demandé. C'est vrai, je n'ai pas pensé qu'il fallait le dire, c'était pour moi une évidence de conserver une trace matérielle. Une fois de plus, je me rends compte que les évidences ne sont pas les mêmes pour ma mère et pour moi, ni le rapport au passé, à la mémoire et aux morts.

Ma mère n'a sauvé qu'un tablier fleuri bleu marine avec une poche sur le devant. Ma grand-mère portait toujours ce type de vêtement qu'elle possédait en plusieurs exemplaires.

J'aurais aimé garder les foulards qu'elle nouait sur sa tête comme les grand-mères russes et une veste bleu foncé en laine que je lui ai toujours vue.

Je comprends qu'après avoir soutenu, soigné, accompagné sa mère pendant des années dont les deux dernières furent particulièrement éprouvantes, ma mère ait voulu passer à autre chose, affirmer la force de la vie face à la mort, mais là encore j'aurais eu besoin de m'arrêter un peu.

Je mets beaucoup de temps à faire le deuil de ma grand-mère. L'état cotonneux de mon chagrin se mêle à l'état cotonneux du chagrin national consécutif à l'attentat du Bataclan qui survient quelques jours après mon retour à Paris. Ma tristesse est de plus en plus difficile à exprimer, ma grand-mère avait presque quatre-vingt-dix-sept ans, les terroristes ont fauché des innocents au seuil de leur vie adulte, de jeunes parents laissant leurs enfants orphelins, de quoi je me plains ?

Je repense toujours à ma grand-mère quand je prépare des lentilles et je pleure à chaque fois. Aujourd'hui les légumineuses sont vendues débarrassées des petits cailloux et des grains de blé mais je continue de les trier.

Les Archives départementales n'ont rien trouvé concernant le séjour de mon arrière-grand-mère. Seule une partie des dossiers de l'hôpital Château-Picon ont été transférés aux Archives. À ce moment-là je m'avoue vaincue et me résigne à ne jamais avoir le fin mot de l'histoire d'Anne

Décimus. J'abandonne les recherches. Les derniers mois ont été difficiles et j'ai besoin d'aller de l'avant, moi aussi, pas de me retourner sur un passé douloureux. On ne peut pas veiller deux mortes à la fois.

Près de trois ans passent. J'écris un deuxième roman, entre autres choses. Il y a une belle phrase d'Emily Dickinson qui exprime comment la puissance de la vie l'emporte sur les états d'âme : « Vivre est si surprenant que ça laisse trop peu de place pour autre chose. » (« *To live is so startling it leaves but little room for other occupations.* ») La vie, dans son élan, chasse les fantômes.

Vingt fois sur le métier remettez votre ouvrage

Parfois Anne Décimus resurgit. Elle se poste devant moi dans un rêve ou bien dans les moments d'attention flottante, comme dans le train ou sur l'autoroute.

En août 2018, je suis chez mes parents pour garder la chienne, le chat et les poules pendant qu'ils sont en vacances. Une rupture amoureuse transforme mon quotidien. Même si c'était une rupture concertée et sans regret, même si les histoires d'amour ont une fin et si nous sommes allés au bout de la nôtre, ma première réaction a été de filer chez mon généraliste pour lui demander une ordonnance préventive, « en cas d'effondrement ». Mon médecin ressemble à Alain Souchon car j'ai une petite phobie de l'univers médical, et avec cette ressemblance j'ai l'impression d'être là non pas pour une consultation mais pour une interview musicale.

L'auteur de « Passer l'amour à la machine » refuse en éclatant de rire et me dit de revenir quand l'effondrement serait effectif : « Pour l'instant, vous avez l'air d'aller très bien ! » J'insiste : « Mais vous pensez vraiment qu'une rupture après quinze ans puisse bien se passer ? » Oui, il le pense.

Le temps lui a donné raison, pas le moindre effondrement à l'horizon. Et cette idée de « prévention du chagrin d'amour » qui me semblait d'une logique imparable sur le moment m'apparaît maintenant pour ce qu'elle est : une simple émanation de la légende familiale. Voilà ce qui arrive quand on grandit avec l'idée qu'on peut mourir de chagrin. Je repense à Anne Décimus et, quelques jours plus tard, une nouvelle piste se dessine.

Je feuillette *Sud-Ouest* dans le jardin. Je suis accro aux journaux, en particulier à la presse régionale qui me semble infiniment romanesque, avec ses faits divers comme des microrécits. Je collectionne les titres les plus intrigants, drôles ou poétiques : « L'adieu de la praline à Jojo », « Hâte de retrouver tout le monde à la fête du thon », « Les naïades de l'été 2015 », « La fraise la ramène ».

Je tombe sur un article consacré à un retraité passionné d'histoire qui a travaillé sur l'hôpital Charles-Perrens. L'homme habite dans le quartier et, à l'occasion de l'anniversaire de l'établissement, il a réalisé un livre à partir des archives. Trois ans après mes tentatives d'enquête avortées, Anne Décimus me fait à nouveau signe.

La machine est relancée, je trouve le nom de l'historien amateur sur le site des Pages blanches et l'appelle. Il est touché par mon énigme et me promet de chercher mais me prévient qu'il y a quelques années « quelqu'un a décidé de faire le vide » dans les archives de l'hôpital. Des mètres cubes de papier seraient partis à la benne. Je lui récapitule par mail les informations dont je dispose. À la rentrée il m'écrit pour me dire qu'il va prochainement se rendre à l'hôpital et qu'il posera la question à l'archiviste. L'espoir renaît.

Plusieurs semaines passent, sans nouvelle du sauveur bénévole. J'hésite à le contacter, peut-être qu'il s'est passé quelque chose de grave dans sa vie.

Début 2019, je profite de la période des vœux pour lui écrire. Le mail reste sans réponse. Faute d'éléments nouveaux, le dossier se referme. Au moment même où je mène ces recherches, la presse rend compte d'une mission archéologique qui vient de découvrir une ville ensevelie en Égypte, près de Louxor. Elle date du règne d'Amenhotep III et Toutankhamon y aurait vécu. C'était il y a plus de trois mille ans. Je scrute les photos sur le journal : des poteries, des sépultures « de vaches et de taureaux ». Trois millénaires ! Et je ne parviens pas à trouver la moindre trace d'Anne Décimus en dehors de deux dates séparées par un tiret sur un registre d'état civil.

Entre les murs où nos cœurs fous cognaient leur sang

Le temps passe et, un jour de février 2020, je me retrouve à la place de mon arrière-grand-mère. Pas tout à fait à sa place : dans le même lieu, l'hôpital Charles-Perrens, mais de l'autre côté, celui des bien-portants. Avec mon collègue Julien, nous avons été missionnés par la ministre pour évaluer le fonctionnement et les dysfonctionnements de la psychiatrie. C'est le dernier déplacement que nous devons faire après Nancy, Mulhouse, Lille, Poitiers, Châtellerault. Partout, à des degrés divers, le constat est le même : les soignants alertent sur le manque de moyens, les difficultés à recruter médecins et infirmiers, les délais d'attente qui compromettent les chances de guérison des patients.

Je ne crois pas aux signes, il n'y a que les amoureux ou les mystiques pour voir des signes partout. Et ma présence dans l'ex-Château-Picon, dans cet hôpital précisément alors qu'il y a quelque cinq cent cinquante établissements psychiatriques, s'explique par la nécessité de constituer un échantillon varié de l'état de la prise en charge en santé mentale. Nous avons visité à la fois des territoires ruraux et des zones urbaines, des lieux fortement dotés en ressources médicales et des déserts médicaux. Évidemment, quand nous avons décidé d'aller à Bordeaux, cela m'a fait quelque chose. L'énigme qui sommeillait s'est rappelée à mon souvenir, comme une grenade que tôt ou tard je devrais lancer si je ne voulais pas qu'elle m'explose dans les mains. C'est aussi de là que je viens, de cette série de catastrophes que je n'ai pas vécues, de l'absence et de la honte transmises de mère en fille.

La veille, au dîner, j'ai raconté à Julien que mon arrière-grand-mère avait probablement passé des décennies à l'hôpital psychiatrique de Bordeaux. Je préfère le prévenir : « Il est possible que je sois émue. Ou peut-être pas. Je ne sais pas ce que ça va me faire de me retrouver là. » Cette éventualité n'a pas l'air de l'inquiéter. J'ai la réputation de faire partie des inspecteurs « tout-terrain » à qui la direction peut confier tous les sujets, fussent-ils aussi glauques que les violences sexuelles envers les enfants ou le dépistage du cancer, dans n'importe quelle équipe, même avec des personnalités « difficiles ».

Derrière sa grille, Château-Picon ressemble à un pensionnat anglais. Je sors de la voiture, embrumée. Le froid pique un peu les narines et le soleil qui perce les nuages ne réchauffe pas vraiment. Je regarde autour de moi, tous les sens en éveil. Le site de l'hôpital, immense, suscite un sentiment de faiblesse. Mon aïeule a dû se sentir toute petite à son arrivée dans cette ville qui avale les gens comme un grand animal vorace.

Avec ses quatorze pavillons qui égrènent les noms des figures tutélaires de la psychiatrie, Pinel, Esquirol, Parchappe, l'asile a fière allure. L'architecture a fait l'objet d'un soin immense car, conformément aux théories en vigueur au moment de la construction, elle est la première thérapeutique. L'hôpital est organisé en quartiers regroupant les malades classés par pathologies dans des bâtiments disposés en T, en U ou en rectangle autour d'une cour. Les patients doivent pouvoir être embrassés d'un seul regard par le psychiatre. Pas de recoin ou de cachette, des bâtiments de plain-pied : l'aliéné est en liberté surveillée. Au moment de sa construction, l'asile de Bordeaux faisait la fierté de la cité.

Château-Picon a beau se situer en ville, il a son parc arboré, ses cours plantées d'ormes et de platanes, son jardin d'hiver, sa chapelle, son potager, ses prés, son étable, sa porcherie. Pour les aliénistes du XIXe siècle, l'air pur, les grands espaces et la verdure allient des vertus hygiénistes à des pouvoirs vivifiants qui ne peuvent qu'améliorer l'état psychique des malades. Le choix du lieu a fait l'objet d'une attention particulière.

Nous nous approchons des pavillons devant lesquels quelques hommes et femmes en blanc prennent l'air. Certains discutent par groupes de deux ou trois. Une silhouette isolée fume en regardant le sol.

Nous entrons dans le bâtiment qui rassemble les services administratifs. Le fantôme que je cherche a vraisemblablement traversé ce pavillon néogothique austère et imposant. Je m'attends à tout moment à recevoir sa visite via des tremblements et une poussée d'angoisse. Je reste stoïque même si je ressens une certaine émotion, mêlée à la crainte de ne pas avoir le droit d'être là, si près.

Le directeur venu nous accueillir explique que la pensée aliéniste prohibait les décors fastueux et les ornements exubérants pour empêcher l'esprit fiévreux des patients de se perdre en fantasmes.

N'étant pas patiente, je m'autorise à fantasmer le mot « asile ».

Ce « lieu inviolable où une personne en danger trouve refuge » me plaît davantage que le monstre froid « hôpital » qui vous engloutit et peut vous recracher les deux pieds devant. « Asile » évoque un séjour consenti qui, pour peu, serait agréable, reposant. Selon Esquirol, le grand aliéniste de la première moitié du XIXe siècle qui a théorisé les fonctions de l'asile, il y avait quelque chose d'utopique dans ce projet. Il s'agissait de couper les malades de leur milieu social pour tenter de les guérir et de préserver l'ordre social. L'asile les éloignait en les insérant dans un environnement plus proche de la nature.

« Adoucissons leur sort, traitons avec bonté
Ces malheureux bannis de la société
Par de rudes traitements, ne les effarouchons pas
Que des objets riants se montrent sur leurs pas »

C'est par ces quelques vers que commence la thèse d'Esquirol. On n'imagine pas aujourd'hui les soignants pétris de neurosciences et d'équations introduire de la poésie dans leurs travaux. Tout a changé. L'utopie qui a présidé à la naissance de la fonction asilaire n'a pas résisté à la surpopulation et à la promiscuité. Les établissements ont, en quelque sorte, été victimes de leur succès, l'encombrement dégradant la prise en charge, jusqu'à ce que la révolution de la psychiatrie institutionnelle combinée aux progrès des traitements pousse les murs et réintègre les malades autant que possible dans la cité.

Dans l'immense salle de réunion, directeur et chefs de pôle nous expliquent leur travail, PowerPoint à l'appui. En 2020, l'hospitalisation et *a fortiori* l'hospitalisation de longue durée sont l'exception dans le parcours du patient pris en charge en psychiatrie. Depuis les années 1970, grâce aux avancées pharmaceutiques on se met à soigner les malades hors les murs. Plus qu'un asile où le malade chronique stagne longtemps, l'hôpital psychiatrique du XXIe siècle est un lieu de passage qui diagnostique et oriente le patient, lequel est incité à mener la vie la plus normale possible en « milieu ordinaire ».

L'hôpital, comme tous les lieux de pouvoir, est essentiellement masculin, du moins dans ses sphères dirigeantes. On sent autour de la table une forme d'émulation caractéristique des microcosmes regroupant des professionnels hautement qualifiés, compétents et ambitieux.

Beaucoup de chiffres à comprendre et analyser : patientèles, délais, flux, couverture des territoires, équivalents temps plein, budget, efficience, capacités. La souffrance psychique n'échappe pas au management. On ligote les débordements dans des tableaux Excel.

J'imaginais un choc, une révélation. *A minima* un tremblement. Rien ne se produit. Imperturbable, j'écoute, je questionne, je joue mon rôle.

J'ai beau être dans le même lieu qu'Anne Décimus, je suis à des années-lumière, dans les rangs des adaptés au monde, des conformes, de ceux qui ne se perdent pas dans la tourmente. Comment l'atteindre par-delà le temps, l'oubli, la raison ?

Mot à mot j'écris la nuit

Quelques semaines après la visite à Charles-Perrens, le coronavirus retarde mes recherches. J'anticipe un long confinement et, même si j'ai une certaine habitude de la solitude, la perspective de passer six ou huit semaines seule dans mon appartement parisien me semble intenable. J'achète une liseuse, dévalise librairies et bibliothèques et pars chez mes parents. Je vis ce moment comme une expérience inédite, c'est la première fois que je retourne chez eux à l'âge adulte pour une durée aussi longue.

Même si cet enfermement imposé ne ressemble que de loin à la condition asilaire, il donne une idée de ce que peut être la mise à l'écart de la communauté humaine : quand cela dure, c'est tout simplement insupportable. Le spectre d'Anne Décimus réapparaît et revient me hanter avec force.

Est-ce la récente visite sur les lieux où elle a passé la moitié de sa vie ou l'écho que le confinement fait avec sa situation ? Ou bien est-ce parce que, quand on est enfermé, les émotions s'exacerbent, les souvenirs remontent ? Je retrouve le carnet dans lequel j'avais pris des notes sur mes premières recherches et consigné les entretiens-interrogatoires avec ma grand-mère.

Sur les conseils d'une amie analyste, je lis un texte de Nicolas Abraham et Maria Torok, les deux psychanalystes qui ont inventé la notion de crypte intérieure pour désigner ces secrets si bien gardés qu'ils ne laissent aucune trace, pas même sous forme de symptômes. La douleur est tue et oubliée, confinée dans une partie du moi de façon totalement hermétique. Mais parfois, le fantôme s'échappe et hante les générations suivantes. Quand il y a un secret de famille, il s'exprime d'une autre manière dans la génération suivante ou la suivante encore. C'est à elles de délivrer le fantôme.

Cette chambre obscure est aussi creusée en moi
Une femme y est enfermée
Ses mains m'ont saisie depuis l'enfance
Ses mains ne s'écartent plus jamais

Je ne comprends pas un dixième de ce texte à la fois passionnant et obscur, mais j'en retiens une chose :

La crypte se dissout dans les mots

En attendant de pouvoir retourner sur les lieux, je reprends le carnet et je mets par écrit tout ce dont je dispose sur Anne Décimus, le cœur brisé et l'asile. Peut-être qu'en déversant sur le papier les souvenirs et les quelques éléments biographiques, je me retrouverai face à face avec ce que je cherche au fond de sa vie à elle. Quand je ne sais que penser, j'écris. Je tente de retrouver les quelques faits en lambeaux dont je dispose, comme on dit « retrouver ses esprits ». Dans l'espoir naïf d'y voir surgir un sens. Et quand l'émotion déborde de la phrase, je l'attrape dans le vers.

Peut-être que si je l'écris ça ira mieux
Je ne sais pas
exactement ce que
« ça »
désigne
Peut-être que je m'invente
des nécessités un but une direction
pour apprivoiser le temps
j'essaie
je n'ai rien à perdre
Qui est-ce que je cherche à sauver

mon arrière-grand-mère
ma grand-mère
ma mère
moi ?
Écrire est :
la seule manière de regarder
la réalité
sans qu'elle s'abatte sur moi
comme une maison en flammes
la seule manière de retrouver ce qui est
perdu
dans les décombres

Comment rassembler les mille infimes débris de chaque homme

Une fois le confinement terminé, je recontacte l'hôpital Charles-Perrens. De ces quarante ans à l'asile, il doit bien rester une inscription, une image, un signe. Quelque chose de matériel qui introduise le fantôme dans le monde tangible. Je veux des faits, des preuves pour donner forme à la toile blanche sur laquelle je projette mes intuitions.

Deux semaines après mon mail, l'archiviste de l'hôpital m'appelle. Cette fois-ci, il a trouvé ! Il m'indique que les documents correspondant à la période où mon arrière-grand-mère aurait séjourné à Château-Picon ont été transférés aux Archives départementales de la Gironde. Un fichier Excel décrit le contenu de ce versement : Registres de commission administrative, du conseil d'administration, de la loi, de suivi des tutelles, Répertoires des hospitalisés, des mouvements de population adulte, de gestion du personnel, Dossiers individuels du personnel classés par fonctions. Se dessine tout un monde peuplé de médecins-chefs, infirmières, religieuses reposantes, jardiniers et aides-jardiniers, servants, hommes de peine, architectes, préposés, mécaniciens, plombiers, zingueurs, garçons de bureau, huissiers, ouvriers, maçons, peintres, serruriers, chauffeurs automobiles, menuisiers. Je reconnais dans cette liste que l'accumulation rend presque poétique, les prémices de notre obsession technocratique d'analyser, dénombrer, classer. À cela s'ajoutent les livres comptables, les budgets, les rapports moraux et financiers, états de frais, correspondances diverses. Et les fiches médicales des patientes. Il ne manque plus que les ratons laveurs.

Cette profusion bureaucratique qui m'agace habituellement quand je dois remplir mes déclarations, formulaires et autres attestations me redonne espoir : plus il y a de paperasse, plus j'ai des chances de trouver mon ancêtre et de saisir quelque chose de ce qu'a pu être une vie asilaire au siècle dernier. Mais où se cache Anne Décimus dans ces milliers de documents ? Je cible les quelques lignes qui me semblent les plus à même de conserver sa trace : la fiche médicale, le répertoire des hospitalisés, le registre des tutelles. Et, certainement, le registre de la loi.

La loi en question, c'est celle de 1838 sur l'enfermement des aliénés qui organise la psychiatrie jusqu'à la fin du xxe siècle. À l'époque, il y avait trois manières d'entrer à l'asile. La première est le placement libre : le malade vient et ressort de lui-même. Je ne pense pas qu'Anne Décimus relève de cette catégorie car je peine à croire qu'elle ait pu être internée de son plein gré pendant plusieurs décennies. Ensuite, il y a le placement volontaire qui se faisait à la demande de l'entourage, la volonté en question étant celle de ses proches et non celle du patient. Enfin, le placement d'office est décidé par le préfet dans le but de sauvegarder l'ordre public. Chaque établissement recevant des malades soumis à cette loi doit transcrire l'identité du patient, la demande d'admission et l'ensemble des certificats médicaux… J'ignore de quelle manière Anne Décimus est entrée à Château-Picon, qui a décidé de son enfermement, mais il est fort probable que les réponses se trouvent dans ce registre.

Je me prépare à faire un voyage à Bordeaux pour consulter ces documents aux Archives départementales. La responsable m'a confirmé qu'il y a bien une fiche sur Anne Décimus dans le registre de la loi. Au téléphone elle m'apprend que mon arrière-grand-mère est entrée à Château-Picon le 10 septembre 1926, ce qui correspond au moment où ma grand-mère a été placée à l'orphelinat. Elle n'en est ressortie qu'à son décès, en 1964. C'est la première fois que se trouve validé par une preuve matérielle écrite l'enfermement au long cours de mon ancêtre. J'accueille cette information avec autant de tristesse que de soulagement : quand aucun vivant ne peut plus témoigner, on a besoin de matérialiser les faits puisque personne ne peut les confirmer. Nous convenons d'une liste de documents qu'il est possible d'examiner à court terme et sans dérogation. Pour le reste il faudra demander une autorisation et attendre. Et encore attendre.

Depuis Paris, je fais part de ces nouveaux éléments à ma mère et lui propose de m'accompagner, proposition qu'elle décline. C'est du passé, à quoi bon fouiller dans des boîtes poussiéreuses ? Sa curiosité généalogique a cédé face à la pression du quotidien, animaux à soigner, jardin à entretenir, petits plats à mitonner. Mon père, qui n'a jamais manifesté le moindre intérêt pour cette histoire, promet de m'apporter son soutien matériel : il viendra chercher ma valise trop lourde à la gare de Bordeaux pour que je puisse filer, plus légère, aux Archives à la descente du TGV. Ce geste me bouleverse. Cela me submerge parfois de voir à quel point mes parents font de leur mieux, même s'ils ne comprennent pas cette quête.

Son étoile obscure

Je m'imaginais fonçant à trois cents kilomètres-heure vers la vérité de l'archive et la résolution de l'énigme. Mais à quelques minutes du départ, le train ne semble pas sur le point de partir : toutes les lumières sont éteintes, l'électricité est coupée. Par le haut-parleur, le chef de bord indique que des vérifications doivent être faites. Habituellement je prends avec philosophie les retards car je prévois toujours de quoi m'occuper : ma valise est remplie de livres et j'aime passer du temps dans le train. Mais ce jour-là, le délai me contrarie et m'affole. Je suis saisie d'une peur vague, une peur inexplicable. Peur qu'un accident m'empêche de savoir alors que je touche au but, peur de savoir, peur sans objet. Finalement, le train part quasiment à l'heure prévue. Je tente de me plonger dans un livre sans parvenir à me concentrer sur une histoire fictive.

Enfin le train démarre. Je pense à ce qui a conduit Anne Décimus à Château-Picon. Il y a une historicité des maladies mentales, l'Histoire imprime sa marque sur les psychismes. J'exclus donc des diagnostics possibles la schizophrénie qui constitue aujourd'hui le gros des bataillons des internés au long cours, c'est une invention plus récente et la maladie se déclare très tôt, généralement à l'adolescence. Anne Décimus est née trop tard pour l'hystérie qui est surtout une pathologie du XIXe siècle, de l'époque victorienne et correspond à un moment de refoulement des pulsions sexuelles. L'hystérie est la réponse à cette chape de plomb pesant sur les femmes issues de la bourgeoisie. La dépression n'a pas encore été inventée, c'est l'un des effets secondaires de l'époque contemporaine qui a cessé de regarder le ciel et le laisse s'abattre sur la tête.

Le deuil pathologique est l'hypothèse la plus probable. Qu'une femme privée en peu de temps des êtres qu'elle aime, son mari, ses deux fils, sombre dans la dépression, quoi de plus logique ? Je l'imagine prostrée dans une tristesse muette, sans regard ni mouvement, exclue de la communauté des vivants. Il n'est pas rare, quand on a tout perdu, de se perdre soi-même.

À côté de cette hypothèse centrale, d'autres plus ou moins saugrenues prennent forme dans ma tête. Anne Décimus pourrait avoir voulu se venger du conducteur de tramway qui a renversé son fils, de sa famille qui les a abandonnées, elle et ses filles, ou de quelqu'un d'autre. Les occasions d'être humiliée ou violentée pour une femme appartenant à la classe populaire vivant seule dans une grande ville ne devaient pas manquer. Elle aurait pu aussi être la victime d'un internement arbitraire décidé par un pouvoir autoritaire, mais je sais cette pratique heureusement bien plus rare dans la réalité que dans les fantasmes. Je peine à inventer une version moins tragique de l'internement. La veille, avant mon départ, une amie à qui j'exposais le but de mon voyage et les craintes que j'avais quant à ce que j'allais découvrir me disait : « Mais peut-être qu'elle a créé, qu'elle a écrit, qu'elle a peint ! » Cette hypothèse heureuse m'a fait l'effet d'un déni. Quelle que soit la maladie dont souffrait mon arrière-grand-mère, je refuse de céder à la fascination esthétique pour la folie. Ce serait méconnaître ce que la maladie abolit. Lui voler une deuxième fois son histoire.

Le train arrive à l'heure, mon père m'attend sur le quai pour me débarrasser de ma valise. C'est un bon début. Le tramway file le long des quais de Garonne. Depuis la rénovation des années 2000, Bordeaux a perdu sa noirceur et ressemble davantage à une ville du Sud. Mon téléphone indique huit minutes de marche depuis l'arrêt de tram, quasiment en ligne droite.

Les Archives départementales sont situées cours Balguerie-Stuttenberg, une longue avenue dans le quartier des Chartrons, ancien quartier des négociants en vin, aujourd'hui débordant d'échoppes, de brocantes et de cafés. En terrasse, les Bordelais lézardent. D'une fenêtre ouverte, des gouttes de piano tombent d'un autre monde. Je marche d'un bon pas vers ma destination.

Je vois se profiler le bâtiment des Archives, repérable à son drapeau jaune flottant dans le vent. Après l'inscription à l'accueil, j'entre dans la salle de lecture, une longue pièce scandée par des rangées de tables. J'aime l'ambiance flottante, les poussières révélées par les rayons du soleil, le silence concentré qui y règne, voisin de celui que l'on rencontre dans les bibliothèques. Il est treize heures et la salle est quasiment vide. L'employé m'attribue une place, « la plus proche du bureau qui délivre les documents », me dit-il en désignant le chariot à roulettes chargé de boîtes et de cartons gris et bleus préparé à mon intention. « Voyez ce qui vous attend, mieux vaut vous éviter de faire des kilomètres ! »

Je m'installe à la table. Le présent s'est évanoui, les bruits de la rue estompés. Je me sens comme une archéologue sur le point de découvrir un tombeau égyptien, un peu nerveuse à l'idée de faire la lumière sur Anne Décimus et de violer un secret ancestral.

Ton corps est un grand paysage de colère

L'archiviste dépose sur ma table un immense livre relié d'un velours vert au toucher duveteux. L'épais et lourd volume est très abîmé à ses quatre coins. C'est le fameux registre de la loi. Ce « Registre des aliénées placées volontairement et d'office dans l'asile de Bordeaux » date de 1921 comme l'indique la page de garde et a dû faire l'objet d'un certain nombre de manipulations puisqu'il a pour fonction de consigner toutes les entrées, les sorties et les bilans annuels de chaque pensionnaire. L'archiviste ouvre le volume à la page correspondant à mon ancêtre et me rappelle l'interdiction de consulter les autres pages, pour des raisons de confidentialité.

Le nom fleurit sur la page dans des arabesques de pleins et de déliés tracés à l'encre bleue. Anne Décimus Veuve

Dèche a fait l'objet d'un placement d'office arrêté par le préfet de la Gironde le 10 septembre 1926. Cette mesure est à la fois une mesure sanitaire et un acte de police administrative pour la sauvegarde de l'ordre et la sécurité des personnes. Le but du placement est ambigu : protéger la société et/ou protéger le patient ?

La décision est motivée par un certificat médical en date du jour de l'arrêté. La patiente souffre de troubles mentaux caractérisés par des idées délirantes de persécution avec des réactions violentes à l'égard des voisins et de l'entourage. Elle lance des cailloux, injurie, menace, fait des « scènes scandaleuses ». Elle est connue du commissariat de police du quartier, en raison des plaintes répétées du voisinage. Mon ancêtre était donc un danger pour la société plus que pour elle-même.

La loi de 1838 impose, en plus du certificat justifiant l'internement, la rédaction de deux certificats établis par le médecin du service où est placée la malade, le lendemain et quinze jours après l'entrée. Le docteur Latreille, médecin-chef de Château-Picon, confirme et précise la première analyse. Anne Décimus entend des voix et est hallucinée, elle délire. Déjà, le diagnostic est sans espoir : « La séquestration doit être maintenue car il s'agit d'une déchéance mentale ancienne et incurable. »

Par rapport aux pratiques contemporaines où l'on prend le temps d'observer longuement le patient avant de le ranger dans une catégorie et où l'internement n'intervient qu'en dernier recours, la rapidité et la brutalité de la mesure sonnent comme une sentence. Ces deux premières semaines prennent autant de place dans le registre que les trente-huit années suivantes, comme si tout se jouait dans ce début qui fige le destin d'Anne Décimus.

Un deuil mélancolique aurait été plus propre, plus romanesque, plus dicible. Si Anne Décimus avait sombré dans la folie parce qu'elle n'avait pas surmonté la perte de son mari et de ses fils, cela aurait laissé supposer qu'il y avait de l'amour dans cette famille. Avant cet enfermement infini, mon aïeule aurait pu connaître la joie. Et par conséquent ma grand-mère, sa fille, aussi. J'aurais aimé savoir mes ancêtres heureuses, ce bonheur eût-il été bref. Mais peut-être que la délirante qui jette des cailloux sur les voisins et trouble l'ordre public a aussi été une mère joyeuse et aimante, au moins par moments.

Je relis les deux pages à plusieurs reprises. J'ai besoin d'un café pour digérer cette découverte d'autant que je n'ai déjeuné que d'un sandwich avalé à la hâte en attendant le tram devant la gare. Je laisse la montagne de boîtes et de registres et descends au rez-de-chaussée à la recherche d'une machine. Je sors dans la cour intérieure, le soleil est éclatant. Les quais de Garonne doivent être agréables par ce temps et, l'espace d'un instant, je me demande pourquoi, au lieu de m'enfermer ici, je n'ai pas prévenu mes amis de ma venue pour aller boire un verre avec eux sur la place de la Machine à lire ou dans l'un de ces nouveaux lieux avec cafés grands crus et machines chromées rutilantes qui ont poussé partout depuis que la ville a fait sa stupéfiante transformation.

Le diagnostic me laisse perplexe. À quoi pense-t-on quand on délire ? J'appelle Julien, mon collègue. Je lui lis les diagnostics photographiés avec mon téléphone. Il parle de psychose, d'altération sévère de la réalité, d'accès de violence, d'hallucination auditive, de sentiment de persécution. Et d'une inquiétude permanente. Cela ressemble fort à ce qu'on appelle aujourd'hui « psychose hallucinatoire chronique ». « C'est ce dont devait souffrir ton arrière-grand-mère, avec des hallucinations auditives. Elle entend des voix à l'intérieur ou à l'extérieur d'elle-même, qui commentent ce qu'elle pense, ce qu'elle fait. »

Il me dit que dix pour cent des Français entendent des voix. Je n'en fais pas partie et me demande sous quelles formes elles se manifestent. Sont-ce des voix connues, des voix graves, rauques, éraillées, aiguës, des voix onctueuses ou agressives, des voix d'hommes, de femmes ? Chantent-elles, crient-elles, chuchotent-elles ? Julien m'explique que ces voix sont rarement bienveillantes, c'est le syndrome « putain, vache, salope ». Les insultes sont les mots les plus fréquemment prononcés par les voix.

Je remonte dans la salle de lecture me plonger dans la vie

de Château-Picon. Il y a de quoi se perdre dans cette jungle de papier et oublier l'existence de l'extérieur, du grand air et de la lumière. Chaque boîte ouverte contient l'espoir qu'elle me délivrerait des faits, des dates, des explications que je n'ai pas obtenus des vivants.

Monter aux archives
c'est descendre
descendre
descendre
aux fonds / Au fond
comme un scaphandrier
cherche dans les eaux noires
le vaisseau noyé
arrache à la nuit tenace
mille débris infimes
ramène sur le rivage les fragments d'une vie
éparse

Je ne puis pas même voir de quel côté souffle ton regard

Les deux pages du registre de la loi concernant Anne Décimus donnent une description très vague de son physique à la rubrique « signalement de la malade » : un mètre cinquante-six, longs cheveux et sourcils noirs, visage ovale, front moyen, yeux gris, bouche moyenne, nez rectiligne, menton rond, teint brun. Anne est une petite femme aux cheveux sombres comme ma grand-mère, mais avec quelques centimètres de moins.

Difficile de se faire une image précise de l'apparence d'Anne Décimus avec cette liste sommaire de caractéristiques physiques, comme un portrait-robot. Si je la rencontrais dans la rue, je n'aurais aucune chance de la reconnaître. Cette description date de son entrée à l'hôpital. Elle a dû beaucoup changer au cours de son séjour, bien plus que ce que le vieillissement naturel impose. Son visage a dû se creuser, ses dents tomber, ses cheveux être coupés pour plus de commodité.

Plus que ces éléments factuels à partir desquels je peine à reconstituer un visage ou une silhouette, quand j'essaie de me représenter mon aïeule, je vois un visage en noir et blanc, aux yeux grands ouverts, dont les traits sont en partie effacés par une large traînée de peinture bleue qui barre l'image, en diagonale.

Anne Décimus restera cette ombre en noir et blanc dévorée par le bleu.

Toujours la même nuit qui ne s'achève pas

La masse de documents qu'il me reste à examiner ne concerne pas directement mon arrière-grand-mère. Ils me permettent de comprendre le fonctionnement de l'hôpital. Il faut beaucoup de souffle pour donner vie aux cendres inertes que sont les rapports sur la gestion de l'hôpital, correspondances avec le préfet et le ministère, livres de comptes. Je lis, photographie, prends des notes afin de cerner au mieux les personnages, médecins, infirmières, sœurs, qui ont côtoyé Anne Décimus.

Une demi-heure avant la fermeture, l'archiviste me fait remplir le formulaire de demande de communication par dérogation du dossier médical de mon arrière-grand-mère, à supposer qu'il ait été conservé. Il me faudra plusieurs visites pour venir à bout de la masse de rapports mais j'ai déjà beaucoup appris sur ce qu'était la vie de l'hôpital, noté les noms des médecins et des sœurs afin de poursuivre mes recherches.

Dehors, la lumière me fait mal aux yeux. Après le calme de la salle de lecture, le grouillement de la ville surprend. Je marche vite jusqu'à l'arrêt de tram, je cours presque pour me fondre dans la foule et laisser derrière moi la maladie et l'hôpital.

À mon retour chez eux, je rends compte à mes parents de mes découvertes mais elles suscitent peu de commentaires. C'est du passé, le dîner est prêt, il est temps de se mettre à table et les avanies portant atteinte à la récolte de tomates les préoccupent beaucoup plus que la vie tragique de mon arrière-grand-mère. À observer mes parents exposer leurs craintes liées à l'excès de pluie sur les fruits, avec en arrière-fond, sur le plan de travail, les bocaux de légumes qui viennent d'être stérilisés, réserves dans lesquelles on puisera tout l'hiver lorsque le besoin de couleur, de fraîcheur et d'été se fera sentir, je me dis qu'ils n'ont rien à envier aux théoriciens du détachement et du *carpe diem*. Les murs qu'ils ont érigés pour se préserver des questionnements sont assez efficaces. Leur vie leur procure une sérénité évidente dans laquelle il n'y a pas une minute pour prêter l'oreille aux fantômes.

Contrairement à mon habitude – dormir est ce que je fais le mieux dans la vie –, je peine à trouver le sommeil. J'essaie de me mettre à la place d'Anne Décimus, de ressentir l'espace qui se rétrécit, la perte de toute intimité. Trente-huit ans entre les murs d'un asile, c'est bien plus qu'Antonin Artaud (neuf ans) ou Camille Claudel (trente ans). Malgré sa maladie, Artaud a continué d'écrire et dénoncé les traitements subis lors de ses internements. La légende de Camille Claudel a été maintes fois narrée, dans de multiples livres et à l'écran, incarnée par la fascinante Isabelle Adjani. Mais qui pour dire le voyage d'une simple folle dont la vie sans éclat n'est pas éclairée par le génie créateur ? Une question m'obsède : que fait-on pendant trente-huit ans à l'hôpital ?

Aussi clos qu'un cercueil
déchiré par des cris
le silence n'est même plus à toi
Ta tête contre les murs
rêve des nuages
Puis l'automne
Puis l'hiver
chaque journée semblable à la précédente
tu doutes qu'un jour la neige puisse fondre
le printemps revenir

Vers quatre heures du matin, je suis réveillée en sursaut par un rêve. Je suis en voiture sur une route en hauteur. La chaussée fait un virage à quatre-vingt-dix degrés, mais la voiture continue tout droit et passe par-dessus la glissière de sécurité. Je me réveille avant que le véhicule ne tombe dans le vide. C'est peut-être l'expérience du cauchemar qui se rapproche le plus de ce que peut ressentir un délirant. Quand l'environnement familier devient une menace, quand le chien affectueux se transforme en molosse prêt à sauter à la gorge, quand le terroriste armé entre dans la pièce qui n'offre aucune issue. Le délire serait un cauchemar qui se poursuit indéfiniment.

Seuls les fous écrivent complètement

Quelques semaines après mon retour à Paris, une lettre en provenance du ministère de la Culture arrive enfin. Sans attendre de monter mes trois étages, je déchire l'enveloppe dans le hall de l'immeuble. Le chef de bureau de l'accès aux Archives m'autorise à consulter la liste d'articles pour lesquels j'avais demandé dérogation.

J'appelle pour fixer une date de visite. Au bout du fil, l'archiviste déborde d'enthousiasme : « C'est incroyable, elle a beaucoup écrit. » Elle m'explique : « On faisait écrire les patients pour les aider à se saisir de leur histoire. Cela aidait aussi au diagnostic. Il y a des centaines de pages, c'est stupéfiant ! »

Des « centaines de pages » ! J'ai l'impression d'avoir mis la main sur un trésor. En croisant les annotations des médecins, les mots de la patiente et les documents sur la vie de l'hôpital, ébaucher ce qu'a vécu Anne Décimus devient possible. Je dois malheureusement attendre la mi-octobre pour pouvoir prendre quelques jours de congés. Entretemps j'imagine. Quelle forme prennent ces écrits ? Journal intime, biographie, lettres, prières, listes, vociférations, incantations ? Et la langue ? Procède-t-elle d'un jaillissement impétueux, est-ce un cri de colère, une supplication désespérée ? Comment écrit-on quand on délire ? La phrase respecte-t-elle les règles communes ou sème-t-elle la zizanie dans la grammaire et le lexique ? Est-ce lisible ? Je songe aux fulgurances sauvages, splendides et parfois hermétiques d'Antonin Artaud. Chaque malade psychique n'est pas écrivain, je n'espère pas un chef-d'œuvre, j'attends simplement de ces textes qu'ils me donnent un accès au psychisme d'Anne Décimus.

Le rendez-vous est pris aux Archives un lundi. D'un vert pâle délavé, le dossier médical d'Anne Décimus est particulièrement dodu. À passer le doigt le long des bords cartonnés sur le point de partir en lambeaux, on sent bien que cette survivance du passé dans le présent vient de loin.

J'enlève la sangle et feuillette rapidement l'ensemble des pages. Les observations, les certificats, les comptes-rendus médicaux sont entrelardés de lettres écrites par Anne Décimus. Sont-elles adressées uniquement à ses médecins ? Son écriture à l'encre noire, marron ou bleue galope sur des pages, tout en volutes. Elle a la rondeur et l'inclinaison des caractères enseignés aux enfants dans l'ancien temps. Alors, dans le silence des Archives qui doit être l'exact opposé des conditions dans lesquelles ces lettres ont été écrites, je commence à lire et la femme que je tente de comprendre se dessine lentement.

2

Mémoires d'une ombre

Vous qui entrez, laissez toute espérance

Dès son admission, Anne Décimus perd son nom et devient un matricule, 17759. Elle abandonne ses vêtements, ses chaussures, ses bijoux, son sac.

Encore un numéro : 8712, celui du vestiaire où sont stockés ses effets personnels. La liste de ses affaires est conservée afin qu'elles puissent lui être restituées en cas de sortie.

J'imagine Anne Décimus poussée dans la douche, par une gardienne plus ou moins bienveillante. Vu l'état d'agitation qui doit être le sien quand elle entre à l'asile, on suppose que l'étape douche-vestiaire ne s'est pas effectuée sans cris ni résistance. Difficile de ne pas y voir une humiliation supplémentaire après son arrestation que l'on devine brutale.

À sa sortie du vestiaire, Anne Décimus reçoit la tenue réglementaire, une robe de toile épaisse. Officiellement, l'uniforme s'explique par des raisons de logistique et de sécurité. Ainsi vêtue, l'aliénée qui parviendrait à s'échapper et à se glisser au milieu de la foule serait facilement reconnaissable. Il en fut ainsi jusqu'à la fin des années 1960. On ne peut s'empêcher d'y voir une dépossession, un pas de plus dans la dépersonnalisation. En entrant, l'aliénée, par l'étymologie celle qui est devenue autre, abandonne ce qu'elle était avant, pour se reconstruire une nouvelle personnalité, sur des bases différentes. Mais que construire en faisant table rase ?

Même
son alliance
Elle laisse tout
Abandonne-t-elle aussi
son espérance ?

Le soleil me suit

Le médecin qui prend en charge Anne Décimus à son arrivée est le docteur Latreille. Il note soigneusement dans son cahier le compte-rendu des entretiens. Lors de la première entrevue, Anne n'est que rage, elle vitupère, elle se débat.

qui c'est celui-là
ramenez-moi chez moi
ce sont les voisins
vous allez me ramener chez moi
ou alors ou alors je vais tout casser   je suis déjà cassée
j'ai un puma dans le cœur
vous ne m'aurez pas
c'est increvable un puma

Et puis elle s'arrête. Elle cherche ses mots, c'est bizarre, elle ne les trouve pas, ils sont devant elle, collés à la glu, inutilisables, elle n'a pas dormi cette nuit, ses paupières sont lourdes, ses jambes aussi, rien ne sort, il la regarde, elle reste muette devant cet homme en blanc qui veut sonder son âme.

Au deuxième entretien, elle s'est calmée sous l'effet des drogues.

– Je m'appelle Anne… Dèche… Décimus.

– Quel âge avez-vous ?

– Cinquante et un ans.

– D'où venez-vous ?

– De Cenon.

– Et avant ?

– Bordeaux…

– Où êtes-vous née ?

– Dans le Lot-et-Garonne.

– Que voyez-vous ?

– Le soleil !

– Le soleil ?

– Il me suit dans le dos. C'est parce que je suis sa fille.

– Vous savez pourquoi vous êtes ici ?

– J'entendais des discussions à mon égard. Les voisins. On n'aurait pas dû me conduire à Château-Picon, ça m'a vexée. Ce n'est pas une place pour une femme mariée.

– Et votre mari ?

– Il est mort.

– Vous êtes triste ?

– Il est compréhensible que lorsqu'on perd l'équilibre et que tout le poids de son corps retombe sur le carreau, il faudrait être en marbre pour ne pas avoir les couleurs de l'arc-en-ciel dans la cervelle.

– Et les voix ?

– Les voix me disaient des choses très injurieuses, très déplaisantes alors j'étais obligée de leur répondre des choses très grossières contre mon naturel qui n'est pas grossier.

– D'où venaient ces voix ?

– J'ignore si c'est réel ou si c'est quelqu'un qui peut, par imitation, faire ces voix. Je voudrais savoir, je leur demande qui êtes-vous, d'où vous m'adressez la parole ainsi ?

– Vous leur demandez tout haut ?

– Bien sûr ! Les personnes qui font ça feraient bien de s'expliquer… Si c'est une blague, c'est très déplacé.

– Et le soleil, il vous parle aussi ?

– Ah non, je l'entends pas par les oreilles mais par la pensée. La fille du soleil, c'est moi !

Oui, moi

moi, moi, moi

et seulement moi

Qu'on me pardonne l'obsession biographique. Retracer la vie du docteur Latreille, c'est donner un visage au pouvoir médical qui décida du sort d'Anne Décimus. Consigner des lieux, des dates, des noms me permet de mieux comprendre d'où parlent les sachants qui président au destin des aliénés.

Ancien interne des hôpitaux de Bordeaux, parmi les plus brillants, le premier de sa promotion, il a été coopté par les éminents Perrens et Anglade qui plaidèrent sa cause auprès du préfet pour favoriser la nomination de leur poulain. Quand arrive Anne Décimus, Latreille est âgé de quarante-cinq ans. Ce fils d'un « gendarme à cheval » corrézien est en pleine ascension sociale. Après son internat, il prend les fonctions de médecin adjoint en 1908 à Rennes. Il y épouse Yvonne Lemaistre, la fille du directeur de l'asile d'aliénés de Rennes, pratique très courante à l'époque : beaucoup de jeunes aliénistes se marient avec la fille du chef de service ou du directeur.

Quels pouvaient être l'état d'esprit et les croyances d'un médecin-chef à la fin des années 1920 ? Pourquoi un brillant interne choisit-il cette discipline bâtarde qu'est la psychiatrie ? Qu'est-ce qui peut le motiver : défricher une terre inconnue où tout est à construire, s'avancer au bord du précipice pour le frisson, goûter l'emprise d'autant plus facile à établir que l'interlocuteur est sans défense ? Le docteur Latreille aime peut-être simplement la compagnie des fous. Je songe à mon ancien stagiaire Jean-Philippe à qui j'ai demandé pourquoi il avait choisi comme spécialité la gériatrie à l'issue de son internat de médecine et qui me répondit, le regard brillant : « J'adore les petits vieux. »

L'entre-deux-guerres est un moment crucial pour la discipline qui tente de se constituer comme une science. L'aliénisme bouillonne d'idées. Comme d'autres établissements partout en France, Château-Picon se médicalise, et le souci du traitement prend le pas sur le seul gardiennage. L'asile devient l'« hôpital psychiatrique » en 1937, les infirmières se professionnalisent et une formation spécifique à la psychiatrie se met en place. Les évolutions sont lentes et l'ébullition moins féconde que dans les grands hôpitaux parisiens mais, ici aussi, on essaie de faire quelque chose, malgré l'« encombrement ». On ne sait pas guérir les malades mais, au moins, la pensée médicale s'affine, on ne cherche plus le secours des puissances divines par des pèlerinages ou des pratiques magiques, on n'installe plus les malades devant des reliques sacrées ou sur un trémoussoir. Le médecin est souvent fort démuni devant les patients les plus complexes, ce qui n'empêche pas d'expérimenter.

Un siècle plus tôt, Esquirol a dépeint l'aliéniste idéal comme une figure charismatique qui soigne par son aura autant que par son savoir ou sa technique. Pour faire grand effet sur les délirants, il faut « un beau physique, c'est-à-dire un physique noble et mâle ». Le portrait-robot de l'aliéniste modèle se situe entre le gendre idéal et le leader captivant les foules : un physique robuste, « des cheveux bruns ou blanchis par l'âge, des yeux vifs, une contenance fière, des membres et une poitrine annonçant la force et la santé, des traits saillants, une voix forte et expressive ». On n'est pas loin des vues de Pinel pour qui soigner la folie consistait à « subjuguer et dompter, pour ainsi dire, l'aliéné en le mettant dans l'étroite dépendance d'un homme qui, par ses qualités physiques et morales, soit propre à exercer sur lui un empire irrésistible et à changer la chaîne vicieuse de ses idées ». La guérison est soumission, substitution de la vérité et de la raison aux idées délirantes, tout cela grâce à la suggestion du médecin charismatique. Je ne sais pas à quoi ressemblait le docteur Latreille, je n'ai trouvé aucune image de lui mais j'espère que, cent ans après Esquirol, les compétences et les qualités humaines ont davantage compté dans le recrutement des médecins-chefs que leur physique avantageux.

Le discret docteur Latreille a-t-il traité Anne Décimus avec intérêt et empathie, ou ne représentait-elle qu'une folle supplémentaire venant ajouter à l'encombrement d'un établissement déjà saturé ? Les diagnostics lapidaires qu'il formule ne vont pas dans le sens d'une relation médecin-malade empreinte de dignité. Il faut dire que trois médecins-chefs pour plus d'un millier de malades, c'est peu. En classant dès les premiers jours Anne Décimus parmi les cas sans espoir, il y a peu de chances que les médecins se soient beaucoup intéressés à elle, ils ont probablement préféré consacrer leur énergie au traitement des patientes curables.

Le ciel est immense et je m'effraie tant

J'essaie d'imaginer ce qui tourne dans la tête d'Anne Décimus et, à chaque tentative, je me rends compte combien mes ressources sont limitées et mes capacités d'invention bien pauvres.

Je peux lire tout ce que je trouve sur le délire, demander à mes amis médecins de me décrire des cas, visionner des films et des documentaires, je peine à me le représenter.

Alors je collectionne les histoires, au fil des pages et des récits, comme si écrire permettait de clarifier le mystère.

Elle veut qu'on lui enlève ces chiens
qu'elle a dans le ventre
Elle se prend pour la lune et marche une heure
ou deux le soir pour éclairer la ville

Elle se croit possédée par une bête, un homme, Satan
Elle entend grommeler des artistes qui sont dans sa tête
L'électricité lui ordonne de tuer sa mère
Elle est le général de Gaulle / la fiancée d'Hô Chi Minh /
la fille de Staline
C'est Dieu qui parle par sa bouche ; vous comprenez,
me dit l'infirmière, la souffrance qu'il ressent,
c'est une telle responsabilité d'être Dieu

Mais qu'est-ce que ça fait de croire qu'on est la lune ou Dieu ? Pas seulement comme une expérience de pensée, pour jouer un rôle ou faire un exercice d'écriture mais d'être vraiment la lune ou Dieu ? Ce ressenti reste inconnaissable d'autant que perdre le contrôle ne m'est pas familier.

Plusieurs fois pourtant, j'ai eu l'impression qu'Anne Décimus parlait à travers moi. Cela a pu arriver aux pires moments, comme lors de la soirée de lancement de mon premier roman. Je ne l'avais pas prévu car, s'il y a des gens que l'idée de parler en public tétanise, je n'en fais pas partie. Au contraire, il suffit d'un micro entre mes mains et d'un auditoire pour que je me métamorphose en oratrice.

Il y a beaucoup de monde dans la librairie du boulevard Raspail. Je réponds aux questions de la libraire avec assurance quand, tout à coup, au milieu de l'entretien, j'ai du mal à respirer. Une immense sensation de panique et un désir de fuite m'envahissent.

La peur m'a mis son poing dans la gorge
Soudain tout tremble
Ça tournoie
Je voudrais poser mes pieds
sur un sol
stable

Une partie de mon cerveau continue de dérouler le discours bien rodé que j'ai longuement répété devant mes collègues à la cafétéria, tandis que l'autre partie se noie dans la panique.

Cerveau gauche : Entreprise… héroïne… déséquilibre… identité…

Cerveau droit : Tout ce monde rassemblé ! Amis du lycée, de Normale sup, collègues de tous les endroits par lesquels je suis passée, amis de vacances, amis d'amis ! Trop de monde. J'étouffe. Je perds pied.

Cerveau gauche : Violence des rapports au travail… salarié… concurrence… discours managérial…

Cerveau droit : Il n'y a que deux circonstances dans la vie où sont rassemblés les amis appartenant aux différents cercles sociaux : le mariage et l'enterrement. Je n'ai jamais voulu me marier, j'assiste donc à mon propre enterrement.

Cerveau gauche : Écriture… vivacité… rythme… matériau… non romanesque…

Cerveau droit : Sortir. La porte d'entrée est loin. La table. Les invités. Plusieurs rayonnages de livres m'en séparent. La peur est bleue. Comme le ciel.

Cerveau gauche : Femmes… travail… conciliation…

Cerveau droit : Arrêter de trembler, arrêter de trembler. Je me sens comme un agneau tondu… Qu'on me rende mon manteau de laine. Que je m'y cache.

L'entretien se termine sans que quiconque perçoive mon malaise, à part l'intervieweuse à côté de moi. Je vais saluer quelques amis arrivés pendant la présentation. Je me lève, fais quelques pas, ce qui dissipe le trouble aussi subitement qu'il était apparu. Le vacillement est passé mais je me sens encore secouée par cette éclipse.

À partir de ce jour, je connais d'autres expériences d'impuissance et de dépossession au cours desquelles le tandem peur panique et tremblements s'invite sans raison. Je perds les pédales durant quelques minutes. Il paraît que la bonne santé intègre le déséquilibre et peut tolérer la désintégration passagère et cela ne m'a jamais gênée plus que ça. J'appelle ces épisodes mes « moments Anne Décimus ».

Quelques mois plus tard, juste avant les vacances d'été, il fait très chaud dans l'appartement. J'ai laissé les fenêtres du salon ouvertes. Un oiseau entre, battant des ailes à toute vitesse au milieu de la pièce, ne sachant plus regagner la sortie. Palpitations, tremblements, impossibilité à réfléchir et cette sensation imminente de se dissoudre. Est-ce ce cocktail infernal que subissent en permanence ceux qui sont enfermés dans la folie ? Cet affolement de l'oiseau sans issue ? Est-ce qu'en poussant au-delà de leur limite les petites folies ordinaires, les psychopathologies de la vie quotidienne, on parvient à saisir un peu de cette dépossession de soi, au moins durant quelques secondes ou quelques heures, ou bien y a-t-il un seuil au-delà duquel une différence de degré devient une différence de nature ? L'analogie entre ce trouble vague et bénin qui s'efface sans laisser de traces et le délire bien net qui exclut et isole me semble forcée, presque indécente. Pourtant je ne peux m'empêcher de voir dans ce vacillement le signe qu'il y a un passager clandestin à bord qui veut dire quelque chose à travers moi.

Et d'avoir tous ces mots qui bougent dans la tête

Monsieur le Docteur Latreille, médecin-chef de la deuxième section à Château-Picon,

L'autre jour j'eus l'honneur de solliciter chez vous mon admission en qualité de travailleuse volontaire aux écritures. Le plus gracieusement du monde vous émîtes le désir de ce que je soumette à votre bienveillante appréciation mon savoir.

Je m'empresse de le faire et vous prie de trouver ci-joint quelques pages dans lesquelles j'ai tâche d'exposer un peu de la vie des aliénées.

J'ai pu au cours de mon exposition omettre quelques détails. J'ai pu me rendre coupable de quelques irrégularités de langage et tomber en désaccord avec les règles de la stylistique. Rien d'étonnant hélas ! le milieu ambiant est si peu propice à ce genre d'exercice. Je veux dire que les malades qui m'entourent sont tellement agitées, les cris poussés par elles sont si forts et le mal de tête qui en est la conséquence directe si atroce.

Je profite donc de l'occasion qui se présente pour vous prier de me faire transférer au cinquième quartier. Vous me rendrez bien heureuse en accédant à ma demande.

Je vous prie Monsieur de recevoir l'assurance de ma haute considération.

Anne Décimus, fille du Soleil

Même délirante, Anne Décimus conserve une grammaire et une orthographe correctes. Son cerveau produit des phrases qui ont un sens. Tout paraît logique, clair et net puis, dans un retournement de situation tragique, les trois derniers mots annulent ce qui précède. Elle possède un art de la chute à faire pâlir les maîtres de la forme brève : comme dans une nouvelle bien tournée, le sens ne se révèle qu'à la toute fin. Cette lettre n'est pas unique. Sans cesse, Anne se plaint d'être affectée au « raccommodage ». Elle travaille comme couturière dans les moments où elle n'est pas traversée par des accès de violence. Beaucoup de malades ont une activité, car en dehors des moments de traitement, des soins corporels, des repas et du sommeil, il faut les occuper. Cela fait partie de la thérapie. Ainsi affairés, les patients oublient leurs maux et cessent de ressasser. Selon les conceptions des psychiatres, « le travail ramène le calme, l'ordre, la tranquillité dans les quartiers d'asile et dans l'esprit des malades ». Les occupations sont données en fonction des pathologies et des aptitudes de chacune : couture pour les plus calmes et les plus précises, jardinage pour les tranquilles, nettoyage et buanderie pour les autres car au lavoir on peut parler fort, délirer tout haut. En échange, les malades reçoivent une rémunération qui permet de compléter les repas frugaux avec un dessert ou d'acheter des cigarettes. « Nous ne trouvons guère de bonnes ouvrières », déplore l'intendant. Il faut dire qu'à leur entrée quatre-vingts pour cent des patientes n'exerçaient pas de profession. Pourtant les rapports administratifs évoquent une production de linge et de vêtements digne d'un atelier de taille moyenne, et j'ai du mal à savoir si l'objectif du travail asilaire est d'occuper les malades ou de les faire concourir à l'équilibre économique de l'établissement.

Anne préférerait travailler aux écritures. *Comme j'écris assez bien ne pourrait-on pas me donner un léger travail dans les bureaux ou à la bibliothèque ?* répète-t-elle.

Je viens d'une famille qui n'a rien exprimé d'elle par l'écriture, dont les voix n'ont jamais porté loin et fort. Je suis devenue l'écrivain de ces mots longtemps accumulés et retenus de mon arbre généalogique, rompant avec le silence imposé par une condition sociale et une pudeur atavique.

Je pensais être la première, la seule. Et tout à coup, je me découvre une ancêtre qui a écrit toute sa vie comme on crie dans le désert. Entre la découverte du secret entourant Anne Décimus et ma tentative de mise en mots : un silence de sept ans. Sept ans pour près d'un siècle de non-dit, ce n'est pas tant que ça. Peut-être que le silence engendre le silence et qu'il faut du temps pour s'en extraire. Un long silence pour trouver comment

Approcher le mystère
sans appuyer
avec la douceur
d'un oiseau laissant l'empreinte de ses pattes
dans la neige

Le réel, ce fond vrai d'où sort toute la fable

Pour convaincre le docteur Latreille de la changer de poste, Anne argumente par l'exemple et lui adresse une longue lettre racontant une journée à l'asile.

Le matin à six heures et demie une gardienne entre dans le dortoir et réveille les malades. Les aliénées sautent sûrement de leur lit après un sommeil de onze heures et procèdent à leur toilette. À cet effet un lavabo a été mis à leur disposition dans le dortoir même. Fait en marbre il contient une huitaine de cuvettes avec un robinet nickelé au-dessus de chacune livrant passage à de l'eau fraîche. À côté de chaque cuvette se trouve une savonnette moussant avec grande facilité. Une fois leur toilette achevée les malades s'habillent et descendent dans la cour en été, sur le carré en hiver où ils attendent l'heure de la soupe. La soupe est servie à sept heures précises au réfectoire. C'est une grande pièce au parquet en dalles, elle contient des tables en marbre vissées aux dalles. Elles sont entourées de bancs en bois.

La soupe qu'on sert le matin se compose d'un bouillon avec du pain émietté. On y ajoute tantôt de l'oseille, des lentilles haricots petits pois etc. Une belle tranche de pain se trouve à côté de chaque assiette. Vite la soupe est avalée et les malades regagnent la cour. À sept heures et demie une gardienne chargée des commissions s'enquiert auprès des malades de ce qu'ils désirent.

L'exercice d'écriture d'Anne se poursuit sur six pages. Les gardiennes sont de très braves femmes aimées des malades autant que du personnel ; le médecin est également très aimé des malades et tâche dans la mesure de ses moyens de donner satisfaction aux désirs des malades. Le psychiatre est des plus distingués, très aimable, bien connu des milieux médicaux pour ses travaux scientifiques.

La cuisine y est bonne et variée ; elle est décrite dans des énumérations dignes de Rabelais : gigot, ragoût, saucisson gras, bœuf, tripes, bifteck, boulettes, pâté de foie gras, porc, pieds de mouton, œufs, et une fois par semaine le samedi du poisson raie maquereau hareng. Les légumes sont aussi divers : purée de pommes de terre, choucroute, petits pois verts en purée, haricots blancs et verts, artichauts, asperges, salade romaine, épinards, pommes de terre en robe des champs à la sauce vinaigrette, choux de Bruxelles, carottes à la mayonnaise, cresson, macaronis, etc.

Sous la plume d'Anne, l'internement prend des allures de séjour gastronomique dans un hôtel de charme. Difficile de croire à cette version de l'histoire. Essaie-t-elle de coller à ce qu'elle imagine des souhaits du médecin afin qu'il accède à sa demande ? La nuit de onze heures par exemple : bien sûr, il y a les hypnotiques mais comment dormir dans un dortoir où les lits sont si proches qu'on peut atteindre sa voisine de chambrée en tendant le bras ?

Comment démêler le vrai de la fiction ? J'étudie un par un les rapports dont Château-Picon fait l'objet. L'établissement dans lequel entre Anne en 1926 a bonne réputation. Un siècle plus tôt, Esquirol, qui avait fait un tour de France des asiles, trouvait celui de Bordeaux exemplaire. Le docteur Reynier, l'inspecteur général des hôpitaux psychiatriques qui le visite en 1931 alors qu'il effectue une tournée des asiles français, atteste que cette excellence demeure. Château-Picon est un établissement modèle, contrairement à l'autre asile du département qui, lui, accueille les malades hommes, Cadillac, à trente kilomètres de Bordeaux, au milieu des vignes. « La tenue des locaux était parfaite au moment de la visite et leur état général d'entretien n'a donné lieu à aucune observation », note mon lointain collègue.

Tous les rapports sont élogieux, le directeur, M. Gaspa,

sait gérer son affaire. La seule irrégularité relevée apparaît bien vénielle et prête à sourire : elle concerne une livraison excédentaire de chocolat due à une erreur de l'intendance. Entre les deux guerres, l'établissement est irréprochable, même si un problème commence à inquiéter la direction : l'« encombrement ». C'est sous ce terme qu'est désignée alors la surpopulation qui se généralise en France et devient dans l'entre-deux-guerres une préoccupation du ministère.

Malgré son architecture qui était, à sa création, considérée comme un modèle, Château-Picon est vite apparu sous-dimensionné : les 631 lits des débuts se sont rapidement révélés insuffisants. Quand Anne Décimus entre, l'établissement accueille un gros millier d'aliénées originaires pour la plupart de la Gironde. Aux patientes locales s'ajoutent des malades transférées en provenance des asiles de la Seine, déjà surpeuplés. Un millier d'aliénées, c'est beaucoup. À l'époque on hospitalisait plus facilement que maintenant et une fois entrées les malades restaient plusieurs années, voire plusieurs décennies. Alors, faute de place, on faisait quelques entorses au principe de séparation des pathologies et on rangeait quelques tuberculeuses dans le pavillon des gâteuses les plus affaiblies.

J'ai lu de nombreux travaux historiques portant sur les asiles au XIXe et au XXe siècle. Deux reportages réédités récemment sous forme de livres m'ont particulièrement impressionnée : ce sont les textes de Nellie Bly et d'Albert

Londres qui ont mené l'enquête dans des asiles, américains pour la première et français pour le second. Le tableau qu'ils en font ne ressemble en rien à ce que décrit Anne Décimus ni aux évaluations des inspecteurs consignées dans les rapports.

J'aurais aimé avoir le cran de Nellie Bly, cette pionnière du journalisme d'investigation qui s'est fait interner dans le terrible hôpital psychiatrique de Blackwell Island pour les besoins d'un reportage. Non pas enquêter sur, comme je le fais dans mon métier, mais vivre la condition d'aliénée. Je ne cesse de me demander ce qui se passerait si j'étais enfermée plusieurs semaines dans le ventre de l'animal psychiatrique. Ces expériences d'enquêtes masquées m'attirent d'autant plus qu'elles me sont interdites : la déontologie du fonctionnaire n'est pas la même que celle du reporter et le déguisement et la dissimulation d'identité ne font pas partie des outils d'investigation autorisés. Je n'ai, de plus, aucun talent d'actrice et suis incapable de simuler quoi que ce soit.

Nellie Bly, elle, s'entraîne devant sa glace à jouer la démente, puis elle se rend dans une pension de famille où elle se comporte de façon incohérente. La propriétaire appelle la police, un juge confie la supposée folle aux médecins qui prescrivent comme remède l'internement. Et là, c'est le choc : le froid, la nourriture infecte, les bains glacés, le vacarme nuit et jour, les coups et les insultes des infirmières. La parution du reportage déclenche une enquête administrative mais, le jour de la venue des inspecteurs, l'hôpital « s'est mis sur son trente et un », le cuisinier a mis les petits plats dans les grands, le personnel est bienveillant, tout est propre et net.

Évidemment, ce tableau terrifiant que peint *Dix jours dans un asile* concerne une autre époque et un autre continent. Mais les fous étaient-ils mieux considérés dans la France des années 1920 ? Un autre reportage saisissant décrit une réalité plus proche dans le temps et dans l'espace de celle d'Anne Décimus : en 1925, Albert Londres a fait le tour des asiles français, non pas masqué comme sa consœur américaine mais à visage découvert. Et son constat n'est pas plus reluisant que celui fait par Nellie Bly outre-Atlantique un demi-siècle plus tôt. Le grand reporter raconte un monde de morts vivants, isolés, maltraités, mal nourris, désespérés : « Les trois quarts des asiles sont préhistoriques, les infirmiers sont d'une rusticité alarmante, le passage à tabac est quotidien. » L'odeur est répugnante, au moment des repas les macaronis volent dans le réfectoire et, la nuit, les cris et les pleurs rendent impossible toute tentative de repos.

D'autres lettres d'Anne tempèrent la vision idyllique qu'elle donne dans son exercice d'écriture. Comment dormir avec cette lumière qui reste allumée toute la nuit pour faciliter la surveillance ? Comment trouver le repos quand la gardienne martèle le parquet de ses bottines ? Ça crie, ça parle, ça s'agite. Le pire, c'est l'absence d'espace à soi, de jardin secret. Tout acte est en pleine lumière, l'intimité a disparu. Camille Claudel, internée à peu près au même moment qu'Anne Décimus, ne dit pas autre chose : « Les maisons de fous, ce sont des maisons exprès pour faire souffrir. » Dans ses lettres, la sculptrice dénonce un hôpital rigide, peuplé de « toutes sortes de créatures énervées, violentes, criardes, menaçantes ». Elle supplie sa mère de l'exfiltrer de cet enfer.

En plus, il y a les voix qui ne connaissent pas le sommeil. Le cerveau d'Anne Décimus est un café bruyant à l'heure de la débauche. Alors au petit matin elle a du mal à ouvrir les yeux et il est peu probable qu'elle se lève prestement de son lit, comme elle le dit dans sa rédaction.

La vision heureuse du repas contient peut-être plus de réalisme. La production de porcs et la culture maraîchère au sein de l'établissement, attestées dans les rapports d'activité, permettent de varier les viandes et les légumes. Il suffit d'un cuisinier astucieux pour faire des merveilles avec les denrées disponibles. Dans plusieurs écrits, Anne Décimus déclare aimer plus que tout le potage au cresson et le coq au vin. Ce détail prosaïque m'émeut car il la fait entrer dans le cercle des personnes qui ont des préoccupations ordinaires.

Le récit d'Anne Décimus ne raconte pas les après-midi jusqu'au dîner servi à cinq heures et demie. Le temps s'étire-t-il dans une attente sans fin ? Est-elle à nouveau enfermée ou bien travaille-t-elle sous l'encadrement des sœurs à l'atelier de couture tandis que d'autres malades repassent, lavent les sols, nettoient les vitres ? Selon son état qui alterne calme et agitation, selon le degré d'encombrement de l'hôpital, les journées de la malade se déploient dans la lecture, le travail ou le repos forcé. J'espère qu'Anne Décimus a eu le droit de faire des promenades dans le parc de l'hôpital, et même de sortir dans la ville. Si, comme je le suppose, elle était abandonnée de tous et n'avait pas de proches pour l'emmener faire un tour dans Bordeaux, peut-être bénéficiait-elle au moins de sorties collectives encadrées par le personnel de l'hôpital.

Dans ce dehors miniature
elle oublie les murs
elle s'accroche à
la liberté du
nuage
Je veux
envisager
l'hypothèse du bonheur
Comme le chiendent la vie
reprend même sur des sols
inhabitables

Où les siècles pouvaient s'interroger l'un l'autre

Analyser, croiser et recouper des sources disparates a beau être mon métier, j'ai le plus grand mal à me faire une idée précise de ce qu'a vécu mon ancêtre. Outre les rapports je dévore la presse de l'époque. Mais on y trouve peu d'informations sur la vie à l'intérieur de Château-Picon. Pourtant les journaux raffolent des reportages sur la vie quotidienne des fous. À la suite de Marc Stéphane qui, au début du XXe siècle, raconte la vie à Sainte-Anne et stigmatise l'amateurisme des médecins, les reportages dans les asiles sont l'un des marronniers de la presse dans l'entre-deux-guerres.

Mais Château-Picon n'a pas eu son Albert Londres ni sa Nellie Bly. Les seules mentions dans *La Petite Gironde*, le journal local, concernent les inondations de 1935 ayant endommagé le potager, la blanchisserie et la machinerie de l'hôpital, la disparition d'une patiente en promenade en 1925, le parricide commis en 1935 par une « agitée » libérée de Château-Picon et qui y retourna après son crime. La mort de Pauline Herzl, la fille de Theodor Herzl fondateur du sionisme, qui souffre de manie délirante, fait l'objet de quelques articles en raison du rôle de son père dans l'histoire du peuple juif. Son destin fait un cruel écho à celui d'Anne Décimus : le frère de Pauline, Hans, s'est « suicidé de chagrin » une semaine après la disparition de sa sœur. En dehors de ces faits divers, les seuls éléments rapportés dans la presse sur Château-Picon concernent des mondanités : les banquets réunissant le syndicat du personnel, les membres de la société des aliénistes, les notables de la région et la commission administrative y sont décrits par le menu. Le directeur y apparaît comme « sympathique et distingué », le déjeuner est d'une « impeccable ordonnance » et l'atmosphère « charmante de cordialité ». Les malades sont étonnamment absents de ce tableau festif. Les journalistes bordelais ont préféré trinquer avec le directeur et les médecins-chefs plutôt que d'observer les patients, je n'en saurai pas plus de ce côté-là.

Ma seule source est le rapport très laudatif du docteur Reynier trouvé lors de ma première visite aux Archives qui accrédite l'idée d'un séjour relativement heureux. L'asile bordelais est-il l'exception heureuse ? Ou bien l'inspecteur général s'est-il fait enfumer ? Il n'y a pas que les fous qui refusent de voir la réalité.

De retour à Paris, je décide de contacter Michel Caire. Cet ancien psychiatre aujourd'hui à la retraite a créé un site Internet très complet sur l'histoire de la discipline. Le savant me propose rapidement un rendez-vous. Le jour dit, je me rends à Sainte-Anne. Je connais les lieux car dans le cadre de ma mission sur la psychiatrie, j'y ai auditionné plusieurs sommités. Cela ne m'empêche pas de me perdre, je suis si souvent désorientée. Pour accéder à l'étage où se situe le musée, il faut passer une porte métallique, comme dans une prison. Je frissonne quand elle se referme derrière moi. En haut de l'escalier, Michel Caire m'accueille chaleureusement. Nous nous installons dans un bureau ensoleillé où, pendant près de trois heures, nous passons en revue les soignants, les traitements, la question de la famine pendant la guerre.

Il me raconte et me montre des images de dortoirs, de camisoles, d'ustensiles. Je hoche la tête et noircis une dizaine de pages de notes. Je vois, mais qu'en est-il des autres sens ? Quel bruit font des dizaines d'aliénées enfermées dans la même pièce ? Quelles odeurs se dégagent des corps angoissés, assommés, énervés ? Je fais part au médecin de mes questionnements sur l'humanité de l'asile au XXe siècle : était-il cet enfer décrit par Nellie Bly et Albert Londres ? Un autre « détail » m'interpelle. Contrairement à aujourd'hui, les asiles dépendent du ministère de l'Intérieur et non du ministère en charge de la Santé, ce qui invite à faire une lecture sécuritaire de l'institution.

Le spécialiste réfute la thèse d'une légende noire de la psychiatrie. « Le système était organisé de telle façon que ce n'était ni autarcique ni hors du monde, il y avait des contrôles, le préfet pouvait sanctionner un médecin s'il ne tenait pas bien ses troupes, le directeur devait rendre des comptes à la commission de surveillance, l'asile n'a rien d'un bunker où régnerait l'arbitraire. » Pour lui, la loi de 1838 a représenté un progrès considérable. Le fou n'est plus chassé, exhibé comme un paria ou maintenu parmi les vénériens, les mendiants, les estropiés de la vie : il devient un sujet digne de l'intérêt du législateur.

Et les gens ? Là encore le médecin se veut optimiste. Il concède qu'il y a probablement eu des gardiens tortionnaires, chez les hommes surtout, où le personnel se composait souvent d'ivrognes maltraitants qui étaient sanctionnés mais, chez les femmes, l'ambiance n'était pas la même.

Je sors de l'entretien quelque peu rassurée. Comme les rapports trouvés aux Archives le laissaient pressentir, l'établissement n'était pas un de ces bagnes infernaux décrits par Albert Londres, le personnel y faisait certainement de son mieux pour rendre la vie moins dure aux malades, avec les moyens de l'époque. La volonté d'un directeur ou d'un médecin peut faire beaucoup pour humaniser un service, la bienveillance d'une infirmière ou d'un autre malade ont le pouvoir d'atténuer la souffrance de façon plus sûre qu'un médicament. À l'inverse, la brutalité, l'indifférence ou l'appât du gain rendent le séjour épouvantable. Les scandales récents en maison de retraite l'ont montré. On sait le pouvoir de la rencontre qui apaise tout ce qui blesse, détourne la menace ou saccage durablement.

Apaisez cette fille en larmes

Parfois, la rage dévore Anne. Le docteur Latreille n'accède pas à son souhait de travailler aux écritures alors qu'elle clame son amour des mots sur des dizaines de pages. Et ces gens qui ne cessent de l'insulter. Leurs yeux sont partout à la fois. Leurs insultes la transpercent. Elle ne se laisse pas faire et leur répond :

Tu crèveras comme un criminel
Cochon Gibier de potence
J'aurai votre peau
Je vous vitriolerai

Le mot « crise » revient sans cesse dans le dossier médical d'Anne. Que peut la médecine de l'époque pour l'apaiser ?

En 1926 quand elle entre à Château-Picon, les médecins n'ont pas de traitement à proposer aux malades. La révolution médicamenteuse n'a pas encore eu lieu : il faut attendre 1952 pour que soit inventé le premier neuroleptique, la chlorpromazine. Ce qui n'empêche pas d'expérimenter des traitements qui, aujourd'hui, semblent farfelus.

Le modèle qui domine alors à Château-Picon relève du courant organiciste : c'est en guérissant le corps du patient par la médication que la maladie mentale, qui n'est que la traduction de ce désordre organique, disparaîtra. Perrens l'affirme : « Il est une vérité qu'un aliéniste doit se rappeler toujours : c'est que les maladies mentales n'existent pas. » Sous la psychose se trouve un trouble organique profond et, en modifiant les conditions humorales, on agit sur le trouble. On gave les malades de foie de veau cru, on leur transfuse leur propre sang augmenté de citrate de soude. Ce dernier remède à l'efficacité incertaine étant particulièrement adapté aux « agitées », nul doute qu'Anne Décimus a dû en bénéficier.

La médecine de l'époque ne sait pas guérir, mais elle essaie d'amoindrir les symptômes. Les remèdes sont basiques : bains, cures de sommeil, sédatifs. Des traitements chimiques, comme le chlorure de potassium, sont utilisés de façon courante, avec plus ou moins de succès pour calmer les malades et atténuer leurs délires. Quant aux bains, l'aliénisme en a fait un élément central du traitement, de façon plus raisonnable qu'outre-Rhin où les patients pouvaient passer des mois consécutifs dans des baignoires, recouverts d'une couverture de jute d'où ne dépassait que la tête. On peine aujourd'hui à comprendre la logique à l'œuvre derrière cette sanctification de l'eau si ce n'est peut-être une vague réminiscence de la symbolique de l'eau purificatrice.

Qui dit asile dit électrochocs. La vision de corps convulsés, tétanisés, contractés popularisée par le cinéma impressionne tant que je ne peux m'empêcher de me demander si Anne Décimus en a elle aussi fait l'expérience. L'idée qu'il faut choquer le malade pour lui enlever de la tête ses visions délirantes et effectuer une remise à zéro, un *reset* du cerveau, comme on efface une ardoise magique, est ancienne. Elle remonterait à l'Antiquité où un médecin romain appliquait sur le crâne des malades mentaux des poissons torpilles, capables de délivrer une tension de trente volts pour provoquer une crise d'épilepsie.

Au cours des siècles, outre les bains glacés par surprise, les malades ont aussi testé les tourniquets et tout un cortège de fauteuils rotatifs (l'idée étant de faire tourner le malade ligoté à une chaise ou un tourniquet à la vitesse de quarante à soixante tours par minute), la faradisation (un bain électrique caractérisé par une décharge lente et continue), l'inoculation de la malaria (pour obliger les patients paralysés à bouger, ce qui valut le prix Nobel à l'inventeur de la technique), l'estrapade qui consistait à pendre le patient par les pieds et à l'enfoncer dans l'eau à la limite de la suffocation…

Les archives bordelaises évoquent quelques traitements dont aurait pu bénéficier Anne, certains ne dépareraient pas dans un thriller sadique. Dans l'entre-deux-guerres, plus de tourniquet ou d'estrapade. Les rapports médicaux précisent que « les traitements biologiques et psychiques les plus récents sont appliqués : électrochocs, narco-analyse, etc. » D'après ces documents, la thérapie par le choc la plus en vogue au début des années 1930 était la cure de cardiazol. D'abord utilisée pour traiter les psychoses comme la démence précoce ou la schizophrénie, elle a surtout porté ses fruits dans la dépression majeure. Le traitement consistait à introduire dans les veines du patient du cardiazol qui provoquait une crise convulsive. Il a été abandonné car l'injection du liquide produisait une impression de mort imminente très angoissante pour le patient. Des années après, les soignants se souviennent du regard terrorisé du malade recevant l'injection. S'il était fréquemment utilisé à Château-Picon dans les années 1930, Anne Décimus a dû en être exemptée en raison de son âge. Non moins éprouvante, la cure de Sakel consistait à injecter de l'insuline pour provoquer un coma diabétique, dissoudre la conscience, faire oublier au malade ses idées délirantes. La technique a elle aussi été abandonnée car beaucoup de patients ne se réveillaient pas. Là encore, je fais le pari qu'Anne y a peut-être échappé, les médecins préférant réserver ces traitements prometteurs mais coûteux en temps aux plus jeunes patientes.

J'ai beau avoir vu *Vol au-dessus d'un nid de coucou* il y a plusieurs dizaines d'années, je me souviens avec une précision étonnante des yeux révulsés et du visage tordu de Jack Nicholson attaché à la table d'opération, une balle en caoutchouc dans la bouche, en train de subir des électrochocs. La technique est en plein essor dans les années 1930. L'appareil ressemble à un vieil électrophone, se branche sur une prise et envoie une décharge électrique grâce aux électrodes placées sur les tempes du malade, allongé, endormi avec du curare et un anesthésiant, le dos et les mâchoires protégés. Chaque choc produit des convulsions et réorganise le cerveau. Au réveil le malade ne se souvient plus de rien. Et pourtant, la séance d'électrochocs s'avère souvent très efficace même si elle a pour inconvénient des pertes de mémoire qui en font un remède controversé mais encore pratiqué aujourd'hui.

Je pense au cri de révolte d'Antonin Artaud, contre « l'affre de mort dans lequel le moi tombe en flaque ». Je me dis que si Anne Décimus avait reçu un tel traitement, elle en aurait parlé dans ses lettres. Ou alors les écrits commentant les traitements ont-ils été détruits ?

D'autres ont la liberté

Un jour, Anne Décimus balance le seau contre le mur, insulte les sœurs, se bat avec une autre malade. Alors c'est la cellule. Une semaine d'isolement, la nourriture jetée à même le sol, comme si elle était une bête.

Tigresse tournant dans sa cage
Derrière
le monde n'existe pas
Elle n'est plus que
bouche qui hurle sous verre
bras désarticulés
mains qui arrachent
jambes qui cognent.

Le liquide froid dans ses veines
réduit au silence ses gestes
Deux ombres l'immobilisent
la traînent
Elle mord crache se débat crie
La camisole triomphe
Elle est paralysée
Si elle marche elle tombe
Leurs ombres disparaissent
Elle est seule
poupée de chiffon
Vers l'oubli absolu
D'elle se vide l'espoir
Elle devient la pierre
où elle gît

Turbulente, bruyante, impulsive, agressive, vitupérante, hallucinée sont les adjectifs qu'utilisent les médecins pour qualifier Anne Décimus, dans ses périodes sombres. Dans le contexte d'encombrement des années 1930, il est possible qu'elle ait connu la contention. Si Château-Picon n'échappe pas au mouvement général d'humanisation de la relation soignant/malade, le rapport moral de 1939 indique que « la camisole et les cellules n'ont pu être entièrement supprimées et ne le seront pas. Le personnel sait de mieux en mieux que leur emploi doit être réduit au minimum. »

Étymologiquement contenir c'est « maintenir ensemble » d'où « enfermer en soi, refréner, réprimer ». Faite de grosse toile de coton, la camisole se ferme dans le dos au moyen de lacets passés dans des œillets et noués aux liens dont étaient dotées les extrémités des manches. L'aliénée agitée était ainsi immobilisée, les bras croisés sur le torse, et les mains liées dans le dos, afin d'être contenue et calmée.

Redoubler l'enfermement que constitue l'internement dans un asile par l'immobilisation grâce à des sangles ou à la camisole semble une pratique barbare, d'un autre temps. Aujourd'hui, la panoplie des sangles, des enveloppements dans des draps humides, de l'isolement en cellule existe encore mais ces mesures sont soumises à des règles très strictes dont l'hôpital doit rendre compte.

Prêtresses de ces lieux sombres

Plus qu'avec le lointain homme de science, Anne a surtout dû être en contact avec quelques-unes des quatre-vingt-dix infirmières et avec les sœurs. Dans l'entre-deux-guerres, le métier d'infirmière n'était pas très professionnalisé. Traces de l'emprise des religieux dans la prise en charge hospitalière depuis le Moyen Âge, les soins et la surveillance étaient principalement assurés par des congrégations. À Château-Picon, c'étaient les sœurs de Nevers, présentes depuis près d'un siècle, qui encadraient les infirmières subalternes. Quand Anne arrive, la capacité des religieuses à garantir l'ordre moral, l'argument économique d'une main-d'œuvre qualifiée au moindre coût, leur savoir-faire hérité du passé sont très peu contestés, mais au fil des années les conflits entre la congrégation et la direction de l'asile vont croissant, jusqu'au départ des sœurs en 1963 quand l'hôpital rompt totalement avec ses origines confessionnelles.

Des archives émerge un personnage à l'autorité incontestée, qui règne sur les infirmières : la mère supérieure, sœur Xavier. Présente pendant la quasi-totalité du séjour d'Anne, elle a reçu de multiples distinctions. Mais plus que le sommet de la hiérarchie religieuse, c'est la piétaille des gardiennes qui constituent les interlocutrices les plus proches des malades. Je lis les malingres notices biographiques, je scrute les photos quand il y en a. Je me demande si on peut repérer dans ces traces lesquelles pouvaient être cruelles, lesquelles étaient bienveillantes, mais leurs visages restent muets, désespérément muets.

Même si le métier est peu valorisé, notamment dans les asiles masculins qui peinent à recruter du personnel fiable et compétent, à Château-Picon les infirmières sont « très instruites sinon de bonne tenue », comme le note l'inspecteur général du ministère de l'Intérieur dans son rapport de 1931. Embrasser la profession de « gardienne de fous » est un moyen pour ces filles de cultivateurs, de gardes forestiers, de paysans, d'artisans de quitter leur campagne et de se constituer un petit pécule pour démarrer dans la vie, l'établissement donnant une dot de mariage afin d'attacher au service les meilleurs éléments. Les compétences requises sont maigres, seul un certificat de bonnes mœurs signé par le maire ou un notable de leur village d'origine est exigé. Les filles sont ensuite formées sur place.

Les nombreuses lettres d'Anne ne mentionnent jamais ses gardiennes. J'espère en tout cas que, comme Antonin Artaud qui s'était fait trois alliés dans la communauté infirmière, Édouard, Fernand et Jean, très attachés à lui, Anne a trouvé un peu d'humanité dans ses relations avec elles.

La nuit n'est jamais complète

Monsieur le docteur Ducos,

Je sais que vous êtes venu très tôt à l'infirmerie du 1er quartier 1re section. Ma situation ici est embarrassante. Le docteur Latreille qui m'a fait admettre à l'asile Château-Picon sait bien que je ne suis pas folle. J'ai eu dans l'esprit un peu de désordre ce qui persécute. Aujourd'hui j'ai retrouvé le droit chemin de mes idées.

Votre jeune expérience est mise à l'épreuve je connais mon cas.

Je comptais que le docteur Latreille ait donné son assentiment afin que je puisse sortir des Asiles je lui écris et mes lettres restent sans réponse je ne sais que penser de son silence.

J'ai mis au point mon cas de Maladie je crois que mes explications par lettre vous donneront des renseignements sur ce qui vous intéresse comme maladie.

J'ai suivi avec assiduité les cours du docteur Latreille et de ses nombreux collaborateurs.

J'ai eu mon diplôme de son école d'infirmières. Cette école était née de la guerre de 14-18.

Veuillez agréer, monsieur le médecin-chef, avec mes souhaits d'accomplissement de votre situation de médecin et de vos désirs particuliers, mes sentiments les meilleurs.

Anne Décimus, fille du Soleil

En 1931, le docteur Latreille meurt prématurément. Il est remplacé par le docteur Ducos. Un espoir renaît pour Anne Décimus. Elle inonde le nouveau médecin de missives afin de lui expliquer son cas. Et toujours ce désir de travailler aux écritures :

Monsieur le docteur,

Encore quelques mots car je n'ai pas pu vous parler depuis longtemps. [...]

Mes mains sont un certificat de travail. À mes mains vous pouvez voir que j'ai travaillé mais je ne sais pas ce que j'ai maintenant je ne peux plus faire le ménage.

Comme j'écris assez bien ne pourrait-on pas me donner un léger travail dans les bureaux, la bibliothèque par exemple.

Dans l'espoir que ce mot vous aura fait plaisir et que vous pourrez faire quelque chose pour moi je termine cette lettre en vous serrant cordialement la main.

Anne Décimus, fille du Soleil

Est-ce l'effet du changement de médecin ? Anne connaît une accalmie au début de l'année 1932.

– Comment allez-vous ?

– Ça va doucement. Nous sommes très bien mais dans l'ensemble c'est triste.

– Les traitements font effet.

– Je suis comme l'enfant qui commence à marcher, je vais prudemment.

– Vous travaillez à nouveau ?

– J'ai repris ma place à la couture.

– Le travail vous apaise ?

– Vous savez, la nouvelle maîtresse couturière n'est pas désagréable, elle est en odeur de sainteté, l'atelier est grand et il y a quantité de machines moteurs mais je dois vous dire, docteur, ma place est aux écritures.

– Vous aimez lire ?

– Oui. Quand je lis, on dirait que c'est moi et que ce n'est plus moi.

– On va essayer de vous trouver une place dans un bureau.

– Il faut me trouver un espoir, autrement je perds le goût de vivre.

Car la vie reprend même sur des sols inhabitables

Cher docteur,

Je vous donne de mes nouvelles. J'ai enfin pris ma place aux Écritures. Cela m'a donné un peu d'espoir et je commence à grossir pleinement de mon bonheur. Travailler dans la bibliothèque m'a rassérénée. J'ai évolué vers les choses qui m'étaient essentielles l'harmonie la poésie la création les idées. Même les voix ont changé. Avant elles disaient des choses injurieuses et j'étais obligée de vitupérer. À la bibliothèque, il y a d'autres voix, très aimables, comme des gens qui seraient venus en visite chez moi. […]

Recevez, cher docteur, ma reconnaissance avec l'expression de mes meilleurs sentiments.

Anne Décimus, fille du Soleil

Peut-être le docteur Ducos faisait-il partie de cette minorité militante qui a ouvert les asiles avant l'heure, a fait circuler les malades plus librement et a introduit de nouveaux loisirs et occupations. Il a donné sa chance à Anne. Et cela lui réussit. Bien sûr, les voix sont toujours présentes mais le combat est plus équilibré.

Cher docteur,

Je vais vraiment bien et je n'ai que ce souci : je lutte avec mes pensées afin que les bêtises ne rentrent pas dans ma tête. Je voudrais moins penser et plus écouter, faire attention. Je vais demander au Soleil de guérir ma tête. À part ça tout va bien. Le 14 juillet n'a pas eu le record de la chaleur, le temps suit les événements et la patience réparera le désordre de l'âme qui subit un déficit momentané.

Anne Décimus, fille du Soleil

Songe à la douceur d'aller là-bas

Cher docteur,

J'aurais préféré attendre quelques jours et vous écrire une lettre lumineuse mais le soleil s'est absenté, la nuit est tombée et la population est en cendres. Il faut me retirer de votre sainte société. Je dois quitter ces murs pour accomplir ma mission [...] Je veux voir ma fille chérie je veux voir ma fille chérie.

Anne Décimus, fille du Soleil

Quand on entre en 1926 à l'asile, la première impression scelle un destin. Même si la loi de 1838 prévoit un réexamen régulier de la situation du patient pour expliquer son maintien, la réévaluation se borne à un avis laconique ayant pour fonction de justifier formellement la décision première. Dans le registre de la loi, les patientes sont classées par ordre d'entrée. Je calcule qu'à la fin des années 1950, plus de la moitié des patientes sont là depuis dix ans, et parmi elles beaucoup sont entrées il y a plus de trente ans. Bref, la règle, c'est de rester. Guérir et sortir sont des exceptions. Un mot résume à lui seul ce destin : « incurable ».

La psychiatrie aime classer. Les épileptiques, les séniles, les idiotes, les tuberculeuses, les délirantes, les mélancoliques, les maniaques, les alcooliques, les obsédées, les agitées, les tranquilles, les difficiles, les gâteuses. L'asile est un jardin botanique bien ordonné où chaque espèce de maladie est répartie dans son carré. Plus tard Henri Ey ou Tosquelles récuseront cette vision de la folie comme maladie chronique et intraitable. Mais pour l'heure, une distinction fait foi : celle qui trace la frontière entre les curables et les incurables.

Anne a-t-elle compris qu'elle est du côté de ceux qui ne sortiront jamais ? Les multiples lettres dans lesquelles elle demande sa liberté montrent que, jusqu'aux toutes dernières années, elle a conservé l'espoir et le désir de sortir.

Monsieur le docteur Ducos,

Les vacances dans votre pays natal ont pris fin et vous voilà de nouveau à reprendre la blouse et le tablier de rigueur. Le titre de docteur est beau mais il crée des devoirs très délicats à l'intention de vos malades guéries pouvant reprendre les habitudes du dehors. Depuis l'attente de ma sortie quinze ans et deux mois, c'est de la patience qu'il m'a fallu. Je me demande pourquoi vous êtes hostile à mon départ seule. Vos infirmières ne s'en vont pas deux par deux. Vous ne savez pas si elles peuvent avoir un malaise au cours du trajet entre l'Hôpital et chez elles. Vous êtes aussi, tout docteur, médecin-chef sujet aux évanouissements, ce ne sont pas des souhaits que je fais, je vous souhaite la bonne santé ainsi qu'à Madame Ducos et aux enfants.

Les cuisines sont très bonnes certains jours, mon lit est assez bon. Je désire malgré tout ma Liberté. Vos soins à mon égard ne sont pas cruels ils sont civilisés. Je n'aime pas ce qui est draconien. Je me demande si l'air de votre pays natal, la Bretagne, n'aura pas une influence contraire à ma sortie.

Me sentant apte à reprendre la vie normale, j'ai l'honneur, monsieur le docteur, de solliciter une sortie de l'asile. Dans cette attente, je vous prie, monsieur le docteur, d'agréer l'assurance de ma haute considération.

Anne Décimus, fille du Soleil

Anne Décimus aurait-elle pu sortir ? À l'époque où elle entre à Château-Picon, seuls quelques précurseurs, quelques visionnaires comme le docteur Édouard Toulouse s'engagent en faveur de l'humanisation des traitements et luttent contre l'enfermement systématique des malades mentaux. Dès le début des années 1920, à l'hôpital Sainte-Anne, Toulouse a créé un service ouvert, où les malades ne nécessitant pas d'être isolés peuvent sortir librement. D'autres rares expériences de remise en liberté des aliénées existent. Sur un modèle inspiré du « paradis des fous » belge, Gheel, petite commune perdue dans la campagne flamande qui fait office, depuis le Moyen Âge, de refuge aux fous, un petit nombre de psychiatres commence à créer des colonies familiales dans l'après-Première Guerre mondiale. La vie en plein air facilite la guérison tout en allégeant la dépense publique car l'indemnité versée à la famille d'accueil est très inférieure au coût d'un asile. Ce type d'expérience fait figure d'exception en France et n'a jamais existé en Gironde. L'opinion publique croit volontiers qu'« on n'enferme pas assez » les fous. Et, à chaque fait divers mettant en cause une personne atteinte de pathologie mentale, les réactions hargneuses explosent. Il faut attendre l'entre-deux-guerres pour que se répande l'idée que l'hôpital, en actant la rupture entre l'aliéné et la société, le boucle dans sa psychose et se transforme en machine à produire des malades chroniques. Anne est née trop tôt, pas au bon endroit, et était peut-être trop atteinte.

Dans les dossiers d'internées au long cours, l'absence de la famille est frappante. Le même schéma se répète : les visites s'espacent, les lettres aussi et l'entourage finit par oublier l'existence même de la patiente. Dans *Lambeaux*,

Charles Juliet raconte l'internement de sa mère à la même époque. J'ai lu ce texte bouleversant il y a plus d'une dizaine d'années et je garde un souvenir vif de la page où, alors que le psychiatre envisage la sortie de la patiente sous certaines conditions, le père de Juliet tarde à trouver un garde-malade pour sa femme. La mère de l'écrivain meurt à l'asile, privée de nourriture et de soins, avant que son mari ait réussi à organiser son retour. Il faut un entourage extrêmement solide, généreux et aisé pour accueillir un ex-malade à domicile, d'autant qu'aucune aide publique ne vient au secours de la famille. Et plus le temps passe, plus le patient s'habitue à sa séquestration et devient inapte à la vie sociale et au travail. Alors Anne aurait-elle pu sortir ? Au bout d'autant d'années la question n'a plus de sens.

Solaires ou lunaires les jours sont lunatiques acrobatiques

Cher docteur Ducos,

Malgré mon immense bonheur de travailler aux Écritures, j'étais harassée par les manifestations de haine qui me poursuivent depuis le moment où j'ai découvert le sel de la vie. Je proteste contre tous les noms discours discussions commentaires murmures répandus dans les airs. Un aéroplane passe constamment sur le toit et on me met des puces par le trou de la serrure. Alors le 20 août cela a éclaté et puis il y a eu le vide absolu. Docteur, je sollicite votre bienveillance pour que vous me disiez selon votre immense expérience si ma conscience ma riche nature mon courage ma joie de donner mon instinct maternel rentreront en moi. Ou est-ce possible que le vide ne se remplisse plus ? Je vous prie de m'expliquer le mieux possible ce qui s'est produit. Je ne crois pas qu'on change dans la vie.

Je crois qu'on a beaucoup de tendances en soi et si on a le bonheur de se trouver dans des circonstances qui développent le meilleur en vous, on se trouve dans un état de grâce. Sauter de l'immense sentiment de bonheur au refus de vivre n'est pas un changement mais une grave maladie. Donnez-moi des armes efficaces, pas des paroles qui me font mal. Expliquez-moi médicalement quelles sont mes chances.

Anne Décimus, fille du Soleil

L'embellie des écritures est de courte durée. Un an après son changement de poste, Anne rechute, le puma rôde en elle. Aux accalmies succèdent les tempêtes, puis à nouveau le calme, et ainsi de suite. Indéfiniment. Plus calme, Calme, Assez calme, Agitée par moments, Calme, Calme, Assez calme, Très agitée et turbulente (vitupère), Calme, Calme. Ces observations inscrites au dossier médical aux allures de météo marine témoignent de l'évolution contrastée de la maladie. À l'automne 1936, l'interne note : « Le délire présenté par la malade à son arrivée à l'Asile reste inchangé… Les idées délirantes restent les mêmes. » Anne revient toujours au même point.

Le contexte n'est pas favorable : la pression démographique s'accroît. La salle de jour a été transformée en dortoir de fortune pour accueillir les nouvelles pensionnaires. Alors on se serre, on se tasse, les corps usés par les combats menés contre soi-même sont hagards. La malade multiplie les crises de violence et d'agitation. Même les bons jours, il y a des heures difficiles. Le dîner est le moment où les tensions s'exacerbent, l'angoisse à l'approche de la nuit s'amplifie, les agitées redoublent de gestes et de cris, les voix se font plus impérieuses. Certains soirs, ça dégénère. Le réfectoire ressemble à un champ de bataille. Anne rejoint les ténèbres.

Cher docteur,

La nuit il me semble voir une fumée qui sortait du mur et me vient dans le nez. Ça n'avait aucune odeur mais ça faisait comme une poussière d'étoiles. C'est le soleil qui vient me chercher. Je suis là pour réparer les fautes de la chair et de l'esprit. Naturellement j'ai autour de moi des jaloux, la presse et le public me prennent à partie. […]

Anne Décimus, fille du Soleil

D'autres âmes en peine

Anne a-t-elle pu établir un contact avec les autres pensionnaires ? Se racontaient-elles leur vie d'avant, leur enfance, leur mariage, les naissances, les malheurs qui ont ponctué leur chute ? Ou bien chacune était-elle enfermée dans sa bulle, centrée sur sa marotte, étrangère aux fêlures des voisines, préférant la compagnie de spectres aux voix impérieuses ?

Entre 1926 et 1964 des dizaines de milliers d'aliénées sont passées par Château-Picon. Beaucoup sont restées plusieurs années voire plusieurs décennies. Partager un lieu, une même condition ne suffit pas à être ensemble. Dans sa correspondance, Anne ne mentionne les autres pensionnaires qu'au pluriel pour se plaindre de leur vacarme, de leurs insultes, de leur malveillance. Le 12 mai 1937, elle écrit au médecin :

Les internées dans les Asiles n'ont pas le sens de la fraternité. L'oasis n'est pas ici.

À lire ces lettres il me semble que ce qui caractérise la folie, plus que le délire, est la solitude abyssale. Une solitude tellement grande qu'elle déconnecte de ses semblables. C'est comme parler une langue étrangère que personne ne comprend et à laquelle personne ne répond.

Les humains et leurs souffrances me sont indifférents, je ne connais que ma souffrance, celle de ne pas être vivante, celle de ne pas sentir mes sentiments, ma passion pour la vie, écrit-elle l'année suivante.

Au bout d'un moment
les fantômes prennent trop de place
Comme dans un compartiment bondé
l'inconnu entrouvre la porte
jette un œil
tourne les talons.
Quand une femme souffre
elle souffre seule

Ce cœur qui haïssait la guerre

Quand survient la Seconde Guerre mondiale, Anne est à Château-Picon depuis treize ans. Aux phases de rémission succèdent des moments où elle s'accroche à son délire. On dit souvent que les guerres sont l'épreuve de vérité pour les hommes comme pour les sociétés, la crise révélant ce que chacun a dans le ventre. C'est aussi vrai pour les institutions. Les différences de prise en charge des malades ont été exacerbées pendant l'Occupation. Ici la négligence et les mauvais traitements s'amplifient, là se révèlent des héros prêts à tout pour prendre soin des âmes qui leur ont été confiées.

Il n'existe pas de lettre d'Anne sur la guerre. Sa graphomanie s'est-elle tarie pendant le conflit ou bien les soignants, occupés à autre chose, n'ont-ils pas pris le temps de consigner ses écrits au dossier ? Plus tard, en revenant sur ces années noires, elle écrit : *Je suis l'ennemie du suicide.*

Il fallait en effet une force vitale hors du commun pour survivre aux pénuries. Chaque fois que j'évoque le séjour d'Anne en hôpital psychiatrique auprès de personnes férues d'histoire, le même étonnement revient : comment a-t-elle survécu à la guerre alors que des dizaines de milliers de malades sont morts de dénutrition dans les asiles ? Camille Claudel, morte de faim à l'asile de Montfavet en 1943, est une victime illustre, parmi quarante mille anonymes. Cet épisode reste méconnu jusqu'à ce que le scandale éclate quand, en 1987, un psychiatre lyonnais, Max Lafont, dénonce « l'extermination douce » dans un livre qui fit grand bruit. L'indifférence fait place à l'indignation, à la recherche forcenée des coupables et à une querelle d'historiens. Certains soutiennent la thèse d'une extermination intentionnelle mise en œuvre par Vichy obéissant au projet d'euthanasie du régime hitlérien, d'autres analysent la surmortalité des aliénés comme une conséquence de leur vulnérabilité sans qu'il y ait eu de volonté politique de les exterminer. C'est cette dernière approche qui s'est imposée aujourd'hui. Mais s'il n'y a pas eu de « génocide des fous » comme en Allemagne, la démonstration de cette « lâcheté collective » en est presque plus choquante.

Les travaux de référence sur le sujet mentionnent peu Château-Picon mais de nombreux rapports retrouvés aux

Archives départementales informent sur la façon dont la guerre a percuté la vie quotidienne de l'asile bordelais. Au début du conflit, peu de choses ont changé à Château-Picon. La mobilisation de 1939-1940 a peu affecté le personnel composé majoritairement de femmes. Seuls vingt-sept employés et deux médecins-chefs furent mobilisés. L'hôpital n'a pas non plus souffert des bombardements qui ont touché Bordeaux et n'a pas été occupé par les troupes allemandes.

Les malades en plein tumulte intérieur ont-ils senti l'inquiétude monter, ont-ils perçu le chaos de la guerre ? Les délirants se prennent rarement pour le facteur ou le boucher mais pour Napoléon, de Gaulle, Hitler, leurs affabulations se fixant sur les personnages du moment. À Château-Picon, une patiente croit être la femme d'Hitler et suscite l'intérêt des autorités qui la condamnent pour propos défaitistes. Ce qui prouve bien que les bruits du monde pénètrent dans l'asile, le délire colle même terriblement à l'actualité.

En juin 1940, Bordeaux accueille pour la troisième fois de son histoire le gouvernement en repli de Paris. Après la débâcle militaire, des millions de civils originaires du nord et de l'est de la France fuient sur les routes de l'exode. En quelques semaines la population bordelaise double. La ville se transforme en une cohue indescriptible. Rapidement la pénurie menace, l'eau est rationnée, les hébergements, même de fortune, font défaut.

À Château-Picon, il faut se pousser. L'hôpital déjà très « encombré » à la fin des années 1930 reçoit par camions entiers de nouvelles pensionnaires. Sans compter que la guerre elle-même accroît les troubles psychiques dans la population locale. En moins de trois ans, on passe de mille trois cents malades à mille sept cents. C'est surtout dans les pavillons des agitées que l'étroitesse des locaux se fait sentir. Dans les deux dortoirs non seulement la partie centrale est occupée par des lits mais ceux-ci sont collés les uns aux autres, ce qui rend les querelles plus fréquentes.

Durant les premières années de conflit, le ravitaillement devient la préoccupation centrale des Bordelais confrontés, comme tous les Français, au rationnement. Celui-ci concerne en août 1940 le pain, les pâtes, le sucre, en octobre c'est le tour du beurre, du fromage, de la viande, de la charcuterie, des œufs, de l'huile et du café. L'année suivante, la totalité des produits de base de l'alimentation sont contingentés. Des restrictions sont mises en place à Château-Picon. Le charbon manque et il faut arrêter de chauffer la nuit, concentrer la préparation des repas de la journée sur une matinée, remplacer les bains par des douches. Le temps est à l'économie, nul ne sait combien de temps le conflit peut durer. Château-Picon s'en tire mieux que d'autres établissements car il peut compter sur ses stocks si bien que les malades ne souffrent pas beaucoup du froid. Côté cuisine, le potager et l'élevage améliorent l'ordinaire. La direction se bat afin de conserver pour ses malades le produit des récoltes. Quant aux vêtements, il faut faire appel au commerce libre pour se procurer du tissu et du fil. Les patientes sont chaussées de sabots dont l'approvisionnement est plus facile que celui des chaussures : le bois récolté sur la propriété est confié à un sabotier.

Jusqu'en 1941 on se serre, on mange moins, on se chauffe moins mais ça tient. À partir de l'été 1941, des œdèmes de carence apparaissent ; s'ils sont combattus avec toutes les ressources de la médecine, on compte 336 décès en 1941, 318 en 1942 contre 100 à 150 les années « normales ». Si ces chiffres semblent énormes, c'est peu par rapport à ce qui a été observé dans d'autres hôpitaux. Il n'y a pas de mortes de froid à Château-Picon mais beaucoup d'aliénées succombent à la malnutrition. Moins qu'à Cadillac, l'asile pour hommes du département, où l'on voit des malades s'associer pour tuer et dépecer un chat ou plumer des moineaux et les manger crus.

Le salut vient de la faculté de Bordeaux. Par altruisme ou pour faire progresser les connaissances, un biologiste, Macheboeuf, veut utiliser les aliénées comme cobayes afin d'expérimenter des traitements qui bénéficieront à la population saine. Il décide de tester à grande échelle sur les malades souffrant de dénutrition un dérivé de l'huile d'arachide, la farine de tourteau d'arachide. Anne reçut très probablement ce traitement destiné à pallier l'absence de protéines et peut-être lui doit-elle son salut. Malheureusement, même ce déchet issu de la transformation de l'arachide devient introuvable et l'essai s'arrête. La direction et les médecins continuent de se battre pour défendre le ravitaillement des collectivités. Ils obtiennent une amélioration du ravitaillement et, à la fin du conflit, la surmortalité se tasse.

La persévérance de la direction de Château-Picon qui n'a de cesse d'envoyer des lettres au préfet, d'alerter le ministère sur l'état inquiétant des malades, de faire des démarches auprès des familles d'aliénées habitant à la campagne pour se faire envoyer des marchandises à redistribuer, exclut, du moins localement, l'hypothèse d'une volonté d'extermination. Survivre à la guerre a été une épreuve dans l'épreuve qu'est la folie mais Anne, sexagénaire au début du conflit, a survécu aux privations, à la faim et à la surpopulation. La vie insiste. Elle n'est plus que volonté brute de durer. C'est peut-être le sens de sa phrase *Je suis l'ennemie du suicide.*

Corps fissurés ou non les veines battent

Quand l'armistice est proclamé, Anne vient d'avoir soixante-dix ans. La France a gagné, mais se sent-elle encore solidaire de la victoire après vingt ans loin de tout ce qui fait la vie d'un citoyen ?

Dans l'immédiat après-guerre, Anne continue d'écrire inlassablement, même si la phrase est moins complexe, la grammaire moins sûre et que la ponctuation a disparu.

Monsieur le docteur Boucaud

Ce n'est pas pour vous ennuyer de me laisser partir car j'ai décidé d'attendre patiemment C'est pour vous prouver quelle est ma clairvoyance de ce qui se passe dans mon pays et vu qu'il a besoin de moi pour l'éclairer j'ai fait une petite œuvre que j'intitulerai Regrets *et dont je vous copierai les mots*

Si encore j'avais souffert
Des atrocités nazies
Alors je me sentirais le droit
De parler de compter aux yeux
De ceux qui ont remporté la victoire
Heureusement que vous étiez là car j'ignorais le mal qu'ils faisaient
Mon intérêt consiste à voir
Les Français et les Allemands
Vivre en paix côte à côte
Voyons, pourquoi faire couler le sang
Aveuglés par la haine, la vengeance
S'aimer les uns les autres
Comme Dieu l'a enseigné
Et prier pour nos ennemis
Quand ces paroles divines seront-elles écoutées
Je ne vis que dans cet espoir
Qu'un jour ce sera réalité

Anne Décimus, fille du Soleil

C'est l'avant-dernière lettre d'Anne que contient le dossier, elle date de 1949. Autour d'elle, c'est l'effervescence, un nouveau monde est en train d'émerger. Au sortir de la Seconde Guerre mondiale, Château-Picon est comme la France : meurtri mais animé par un désir de renouveau. L'horreur soulevée par les camps de concentration conduit les psychiatres à remettre en cause toutes les formes d'enfermement, dont l'asile. Une volonté de réforme souffle un peu partout. Une plus grande attention est portée à la qualité de vie des patients. De nouveaux médecins arrivent ; ils veulent secouer le vieil hôpital jugé anachronique aussi bien dans ses bâtiments que dans ses manières de soigner.

Le docteur Boucaud insiste sur la nécessité de reconsidérer le malade, de lui rendre son humanité tout entière, « de le traiter selon les concepts hippocratiques qui appréhendent l'homme global ». Des mots qui rappellent ceux du grand Tosquelles pour qui « les classifications c'est de la botanique. Ce qui compte c'est le malade. » Le nouveau médecin déplore que l'humanisation de l'hôpital prônée par tous dans le discours se heurte à une réalité tout autre : les quartiers ressemblent à des casernes, la surpopulation et la vétusté empêchent de mener la grande transformation.

Malgré ces obstacles, des activités sociales se mettent en place, une cafétéria est construite, les sorties en ville se multiplient. L'invention des psychotropes change radicalement l'atmosphère de l'hôpital. Les malades sont apaisées. Les changements sont les plus visibles chez les agitées où l'ambiance sonore n'a plus rien de commun avec le tumulte d'avant.

Maintenant règne le silence
nozinan
et dans le silence
hémineurine
les mots sont
bénactyzine
arrondis
trifluoperazine
collants
nialamide
comme la résignation
perphénazine
Tout acte est plus féroce
plégicil
Pour se tirer une balle dans le corps
théralène
il faut au moins être sûr
marsilid
de l'existence
témentil
de ce corps
niamide
bras tête jambes mains sexe et tout
tofranil

Le départ des sœurs de la congrégation de Nevers parachève le changement. L'asile n'est plus une œuvre de bienfaisance ; devenu hôpital psychiatrique, il poursuit sa professionnalisation et se médicalise.

J'ai l'impression de me sentir la tête plus libre qu'avant, écrit Anne dans la dernière lettre. On est en 1954, il lui reste dix ans à vivre mais elle semble déjà s'effacer. Les lettres ont laissé la place à des bandelettes de papier. Elles me font penser aux paperolles que Proust collait dans son manuscrit pour compléter ou modifier le premier jet d'écriture ou aux omikuji, ces divinations écrites sur des morceaux de papier que l'on tire au sort dans les temples japonais. J'ai moi aussi eu mes paperolles : avant de trouver le fil qui fait tenir un roman, j'écrivais des fragments que j'imprimais sur des bouts de papier, que je découpais, assemblais avec des trombones, recomposais différemment. Dans les phrases d'Anne, je reconnais ma voix longtemps empêchée, incapable de lier des morceaux épars de sens en un récit.

Certaines phrases qui y sont inscrites ressemblent à des vœux :

Cesser d'être une île
Faire fondre le soleil
Revoir ma fille chérie

D'autres ressemblent à des haikus :

Tant de feuilles tombées
rendent-elles plus douce
la chute à celles qui restent ?

Mes rêves sont rouge opaque comme du sang
d'un cochon éventré sur mes mains

À partir de 1956, Anne n'écrit plus. Ou bien ses écrits ne sont-ils plus conservés ? Dans le bouillonnement de l'après-guerre, qui a le temps de s'occuper d'une vieille folle ? Figée dans son délire, elle est restée à l'écart du processus de libération de l'hôpital. Parallèlement, dans son dossier médical, les annotations sur son état sont de plus en plus lacunaires. En l'absence de soins adaptés, la prophétie du premier certificat d'internement s'autoréalise : « pas de changement », « absolument inchangée », « pas d'autre changement à prévoir qu'une lente aggravation », « identique », « même état ». Un jour, plus personne ne se donne la peine de remplir le registre. Seule une date tamponnée consigne le passage des années.

La tristesse rembourse

La rationalité capitaliste a une capacité étonnante à tout transformer en somme d'argent. Et une fois pourvu d'un prix, n'importe quel rebut retrouve une existence, même une vieille folle oubliée de tous depuis longtemps.

C'est parce qu'un directeur, peut-être sur ordre du ministère, peut-être par excès de zèle gestionnaire, a entrepris de faire payer le séjour d'Anne Décimus que l'administration a effectué les démarches pour retrouver sa famille. Il fallait quelqu'un pour payer. Comme si elle et les siens n'avaient pas suffisamment payé. Ce que le bon sens ou l'humanité n'ont pas fait, le capitalisme l'a réalisé. Grâce à la prise de pouvoir des gestionnaires qui commencent à transformer l'hôpital en entreprise, les services financiers retrouvent ma grand-mère et lui envoient la facture. Le vent humaniste qui soufflait sur la science psychiatrique n'a vraisemblablement pas atteint les bureaux de l'administration.

Je ne sais comment ma grand-mère a réagi quand elle a appris que sa mère était vivante. Sa mère réduite à une formule :

nombre de journées X prix de journée

Une preuve d'existence en anciens francs.

Peut-être a-t-elle pris le train pour Bordeaux, le bus, marché longtemps jusqu'à l'hôpital. Peut-être a-t-elle vu sa mère. Enfin, ce qu'il en restait après tant d'années. Probablement, Anne ne l'a pas reconnue. Ma grand-mère est repartie. Mais dans quel état d'esprit ?

Ensuite il a fallu faire des démarches pour annuler la dette. Le maire du village a réglé l'affaire. Et ma grand-mère a enfermé Anne dans sa crypte intérieure. Quand on lui demande de parler de sa mère, elle dit qu'elle est morte de chagrin, le cœur brisé. C'est la meilleure version de l'histoire, celle qui a le pouvoir de réparer tous les dégâts. Chacun s'arrange comme il peut avec la souffrance.

Avec le temps, je me dis qu'il est logique qu'une enfant qui perd successivement son père, ses deux frères, puis sa mère, embellisse le souvenir de sa famille, confère à cette mère disparue une allure, un destin qu'elle n'a pas eus parce que ce souvenir haussé à la hauteur d'un mythe lui a donné du courage dans les moments terribles qu'elle a dû traverser. Mieux valait une mère morte de chagrin que vivante et enfermée, c'est-à-dire morte vivante, tout près mais inaccessible, biologiquement présente mais hors de portée. Et que ma grand-mère se soit accrochée à ce mythe une fois adulte, même après avoir su la vérité, se comprend. Elle qui n'a pu choisir que peu de choses dans sa vie a au moins choisi le récit de sa propre histoire.

Cette histoire éclaire aussi la méfiance de ma grand-mère vis-à-vis des autorités, de tous les types de pouvoir, administratif, politique, médical. Cet esprit critique qu'elle appliquait aux discours de tous les sachants s'exprimant avec assurance dans le poste de télévision venait probablement de là, de cette trahison. Ceux qui auraient dû prendre soin de la petite fille qu'elle avait été et de sa mère fragile avaient failli, la privant par leur négligence ou leur indifférence de sa seule parente encore vivante. Qui pouvait-on croire alors ? Sans jamais avoir fait de philosophie, elle ne se laissait pas impressionner par les arguments d'autorité et passait au crible du doute toutes les vérités assenées par plus puissant qu'elle.

Est-ce pour lutter contre cette vision d'une administration publique sans visage, indifférente à la souffrance, à la solitude, pour restaurer la confiance, pour améliorer les réponses apportées aux difficultés des gens que je me suis engagée dans le service de l'État ? Probablement. Les vieillards maltraités, les handicapés qui voient leur allocation supprimée car ils ont oublié d'envoyer un papier, les jeunes réfugiés délaissés dans des camps insalubres… À travers eux, c'est moi et les miens que l'on blesse.

Toutes les voix se sont éteintes

Quelques années plus tard, Anne meurt. Le 14 mars 1964 à 19 heures, selon l'acte de décès. La mention manuscrite « décédée », barrant en son milieu la page de droite du registre de la loi, clôt le dossier. Une longévité étonnante pour une malade mentale sans traitement efficace, sans famille, ayant subi les pénuries de la guerre. Encore aujourd'hui, les psychotiques ont une espérance de vie inférieure de quinze ans par rapport au reste de la population. Les patients psychiatriques sont plus sédentaires, ont souvent des comportements à risque, davantage de maladies somatiques pour lesquelles ils sont moins bien traités.

L'hôpital a-t-il prévenu ma grand-mère une fois que sa non-solvabilité était établie ? S'est-elle déplacée pour assister à l'enterrement ? Le dossier de la patiente ne contient pas de réponse à ces questions.

Conformément à l'inventaire correspondant au vestiaire 8712 effectué à l'entrée d'Anne en 1926, les objets suivants sont restitués à ma grand-mère :

1 robe
1 paletot laine
1 paire de bas
1 paire de souliers
1 combinaison
1 cache-corset
1 jupon
1 sac à main contenant un chapelet et divers papiers
1 mouchoir
1 paire de gants
1 alliance en or
1 médaillon doré

Je reste figée sur le dernier terme de la liste. Un médaillon doré, serait-ce le fameux médaillon en forme de cœur ? Si c'est le cas, j'ai bien la preuve que ma grand-mère a été au courant de la non-mort prématurée d'Anne.

Une autre question survient. Anne a-t-elle une tombe ? On a inventé les tombes pour que la mémoire des vivants s'y réfugie mais qui a envie de penser à elle ? Si tous ses proches l'ont abandonnée, elle n'a probablement pas de concession. Je ne pense pas qu'elle ait été enterrée avec ma grand-mère et mon grand-père car ma mère s'en serait souvenue, en 1964 elle avait seize ans. Le reste de sa famille ayant oublié Anne, je doute que quiconque lui ait cherché un caveau.

Où enterre-t-on les morts sans famille ? La fosse commune n'existe plus. Le Code général des collectivités territoriales stipule que le maire est chargé d'organiser des obsèques décentes aux personnes sans famille ni proches. Si personne ne vient chercher la dépouille dans un délai de dix heures après le décès, l'hôpital prévient la mairie qui organise les obsèques. Si le défunt n'a pas de ressources, la collectivité règle les frais. Anne a dû être enterrée sur un terrain commun, appelé aussi « carré des indigents », dans le cimetière de Bordeaux puisque Château-Picon n'a pas son propre « carré des fous » contrairement à d'autres asiles dont Cadillac.

Je passe plusieurs coups de fil aux mairies de Bordeaux et Cenon où a vécu Anne, à celle du village du Lot-et-Garonne où ont été enterrés ses parents. Les employés m'ont confirmé l'évidence : il est impossible de savoir où Anne a été enterrée.

Morte
sans personne
sans phrase
sans larmes
sans fleurs
sans musique
sans lieu
comme un animal
sauvage
Peut-être morte de son
vivant

Tu sais que c'est l'obscur de ton cœur qui guérit

– C'est une histoire pour les enfants ? interroge Alicia, la fille de mes amis.

Nous fêtons l'achèvement de mon manuscrit, chez mes parents, avec Clément et Anna qui sont de passage dans la région. Un lien fort s'est tissé entre mes parents et mes amis ainsi qu'avec leurs trois enfants, surtout la petite dernière, Alicia. Son visage s'éclaire dès qu'elle retrouve ma mère. Mes amis me font parler du roman en cours. Tandis que ses deux frères jouent au gendarme et au voleur avec une épée en plastique, Alicia écoute avec attention notre conversation.

– Pas vraiment.

– Il y a une héroïne ?

Difficile de résumer ce texte à une enfant de neuf ans !

– Ça raconte un secret de famille. C'est un livre sur une énigme : qu'a fait mon arrière-grand-mère après avoir laissé ses filles à l'orphelinat ?

Alicia écarquille les yeux.

– Et tu as trouvé la solution de l'énigme ?

Je réfléchis un instant. Il reste beaucoup de questions sans réponse. Parfois, on écrit pour tirer au clair, pour savoir et comprendre. Et parfois, on écrit pour admettre qu'il y a des choses qu'on ne peut connaître. Je ne suis pas complètement sûre que le médaillon que je porte soit celui d'Anne, ni que ma grand-mère ait été au courant de l'internement de sa mère. Et je ne comprends pas comment elle a pu vivre avec ce secret, qu'elle a subi et qu'elle a perpétué. Mais je sais qu'elle n'a pas voulu charger nos épaules de ce fardeau et qu'elle a fait comme elle a pu, n'ayant personne pour la conseiller, ami, psychologue, psychiatre ou autre expert ès tourments de l'âme.

Je finis par dire :

– Oui, mon arrière-grand-mère, Anne, était dans un endroit où elle se reposait. Elle écrivait beaucoup.

– Et tu l'as connue, Anne ?

– Non, elle est morte il y a longtemps.

– Elle est au cimetière ?

Je sais qu'Alicia est très préoccupée par la mort depuis celle de son grand-père en fin d'année dernière.

– Non je ne sais pas où elle est enterrée, elle a disparu.

Elle reste songeuse.

– Comme les soldats disparus à la guerre ? À l'école on a lâché des ballons pour honorer leur mémoire.

Elle prononce ces trois derniers mots en articulant chaque syllabe.

Puis elle dit :

– On pourra faire pareil pour Anne.

– Pourquoi pas ?

Je dis cela sans conviction, le rituel du lâcher de ballons me rappelle la kermesse de fin d'année à l'école du village. Si quelqu'un trouvait le ballon et renvoyait la carte postale attachée dessus, l'auteur de la carte gagnait un lot. Mes ballons n'ont jamais trouvé de destinataire. Plusieurs fois, j'ai réfléchi aux façons de faire un enterrement symbolique pour Anne. J'ai pensé imprimer son dossier médical ou ses lettres, trouver un endroit dans un lieu calme, ensoleillé et sans murs et les y enterrer. J'ai songé à donner une forme tangible à son tombeau. Le kitsch de cette idée m'a retenue.

Le lendemain, nous sommes attablés dans le jardin. Je me suis rangée à l'idée d'Alicia, et j'ai choisi cinq phrases d'Anne. Avec application, elle les calligraphie sur des rectangles de Canson blanc, accompagnées de « Anne Décimus, fille du Soleil ». Je serre fermement le raphia qui maintient les paperolles sur la ficelle des ballons. Ma mère s'affaire à côté, elle regarde les préparatifs avec un sourire en coin, jetant de temps en temps des regards vers nous.

Alicia rassemble tout le monde au milieu du jardin. Elle donne un ballon à ma mère qui accepte. Ma mère ne dit rien mais je devine ce qu'elle pense : À quoi bon. En regardant le ballon danser au-dessus de ma tête, je me dis qu'il faut faire quelque chose avec les morts. Surtout quand, de leur vivant, ils ont été si peu entendus.

Alicia prend un air très sérieux, elle demande à son père de se taire. Ses yeux pétillent de joie, le rôle de maîtresse de cérémonie la remplit de fierté. Elle lance le compte à rebours. Trois, deux, un, lancez ! Les ballons s'élèvent. Nous levons tous les yeux au ciel pour les suivre du regard. Chaque culture a beau avoir ses propres rites, il y a toujours un moment qui marque le passage dans l'au-delà. Les morts sans sépulture, les morts sans lieu, les morts sans inscription, les morts sans écriture deviennent des fantômes menaçants. Les évoquer, c'est leur rendre hommage, les relier à l'histoire présente et les remettre à leur place. Pour que nos mains cessent de trembler.

Je me tourne vers ma mère. Et à cet instant ses yeux plongent dans les miens, ils sont brillants. Elle baisse les yeux et murmure : « Quand même, ça fait quelque chose. »

Oui, ça fait quelque chose.

Références

Parce qu'un texte fait écho à toute une bibliothèque, les titres de chapitres sont empruntés à

Louis Aragon, *Le Roman inachevé* ; Michel Baglain, in *Nous, avec le poème comme seul courage. 84 poètes d'aujourd'hui*, anthologie ; Henri Bauchau, *Poésie complète* ; Charles Baudelaire, *Les Fleurs du mal* ; Samuel Beckett, au détour d'une rencontre avec Aimé Césaire ; Nicolas Boileau, *L'Art poétique* ; Yves Bonnefoy, *Poèmes* ; William Cliff, *Matières fermées* ; Dante Alighieri, *La Divine Comédie*, traduit par J. Risset ; Jacques Demy, chanson « L'appartement », dans le film *Les Parapluies de Cherbourg* ; Robert Desnos, *Destinée arbitraire* ; Louise Dupré, *Bonheur* ; Louise Dupré, *Plus haut que les* flammes ; Marguerite Duras, *Les Parleuses* ; Paul Éluard, *Œuvres complètes*, tome 1 : 1913-1945 ; Paul Éluard, *Derniers poèmes d'amour* ; Roger Gilbert-Lecomte, *La Vie l'Amour la Mort le Vide et le Vent et autres* textes ; Ernest

Hemingway, *88 poèmes*, traduit par R. Asselineau ; Victor Hugo, *La Légende des siècles* ; Géo Libbrecht, *Poètes d'aujourd'hui* ; Till Lindemann, *Nuits silencieuses*, traduit par E. Wolff ; René Ménard, in *Poètes prisonniers*, cahier spécial de poésie n° 43 ; Henri Michaux, *Face aux verrous* ; Alejandra Pizarnik, *Les Aventures perdues*, traduit par J. Ancet ; Alejandra Pizarnik, *Cahier jaune*, traduit par J. Ancet ; Alejandra Pizarnik, *Œuvre poétique*, traduit par S. Baron-Supervielle et C. Couffon ; Marcel Proust, *Sodome et Gomorrhe* ; Hervé Prudon, *Devant la mort* ; Catherine Ringer et Frédéric Chichin, chanson extraite de l'album *The No Comprendo* ; Claude Roy, *À la lisière du temps* ; Jaroslav Rudis, *La Fin des punks à Helsinki*, traduit par M. Corven et C. Vigent ; Georges Séféris, *Poèmes 1933-1955*, traduit par J. Lacarrière et É. Mavraki ; André Suarès, *Correspondance Paul Claudel / André Suarès 1904-1938* ; Jules Supervielle, *Oublieuse mémoire* ; Jules Supervielle, *Choix de poèmes* ; Henri Thomas, *Poésies* ; Jean Tortel, *Des corps attaqués* ; Paul Verlaine, in *La Résistance et ses poètes*, anthologie ; Oscar Wilde, *La Ballade de la geôle de Reading*, traduit par J. Besson.

Remerciements

Je tiens à remercier l'hôpital Charles-Perrens à Bordeaux, les Archives de la Gironde, les Archives nationales, le bureau des archives du ministère de la Santé, Claudine Bellamy, archiviste au groupe hospitalier Paul-Guiraud, Caroline Dugène, documentaliste à Sainte-Anne, et le docteur Michel Caire, auteur de plusieurs livres sur l'histoire de la psychiatrie et d'un site très didactique, http://psychiatrie.histoire.free.fr. Le livre s'est enrichi de discussions avec Cécile Balavoine, Dominique Bourgois, Laurent Bucchini, Julien Emmanuelli, Dominique Quélen et Romain Rancière.

Un immense merci à Marianne Petit, directrice de la villa Marguerite Yourcenar pour son accueil et son enthousiasme.

Pour en savoir plus sur la prise en charge de la maladie mentale au xxe siècle je me suis appuyée sur une abondante documentation, avec une mention spéciale pour *L'Hécatombe des fous* d'Isabelle von Bueltzingsloewen, *Artaud et l'asile* d'André

Roumieux et le mémoire de Corinne Tesnière sur Château-Picon. Gallica et Retronews ont été des sources précieuses.

Merci enfin à Nathalie Zberro et à Nathalie Kuperman pour leur confiance et leurs lectures attentives et exigeantes qui ont permis au texte de trouver sa forme définitive.

RÉALISATION : NORD COMPO À VILLENEUVE-D'ASCQ
IMPRESSION : PRÉSENCE GRAPHIQUE
DÉPÔT LÉGAL : FÉVRIER 2023 – N° 2009-05
IMPRIMÉ EN FRANCE